KB178507

당신이 빨리 죽었으면 좋겠어

당신이 빨리 ── 죽었으면 좋겠어

관계에 지친 당신을 위한 심리 코칭

황은정

포르*셰

이유 없이 힘든 삶은 없다

삶이 너무 힘들었다. 그래서 나를 알기 위해 무던히도 애를 썼다. 왜 이렇게 힘든 삶을 살아야 하는지 이유가 궁금했다. 누군가에게는 별것 아닐지 몰라도 나에게 하나뿐인 삶을 어떻게든 잘 살아 내서 행복하고 싶었다.

사춘기 시절에는 아빠의 통제와 폭력이 지옥 같았고, 이십 대에는 아빠의 폭력에 아무런 대응도 하지 못하는 무력한 내가 싫어 힘들었다. 삼십 대, 취업과 결혼을 몰아치듯 하면서 한 발쯤은 행복에 가까워지지 않을까 기대했지만, 그 기대는 와르르 무너지고 말았다.

신혼여행에서 돌아와 임신 사실을 확인했다. 엄마가 될 준비가 전혀 되지 않은 상태에서 아이를 만났다. 기쁨과 두려움이 동시에 밀려왔다. 결핍으로 가득 찬 나의 이 어두운 마음을 아이에게만은 물려주고 싶지 않았다. 반짝반짝 빛나는 아이를 만들고 싶어 육아서를 읽기 시작했다. 아이를 빛나게 해 줄 최고의 방법을 찾으려 애썼다. 이런 노력과는 무관하게 아이는 본래 자신이 가진 모습으로 자연스럽게 자랐다. 아이는 잘 자라는 것 같은데, 한편으로 견딜 수 없는 분노와 억울함이 밀려왔다. 이런 생각이 섞이자 나는 더 이상 무력한 가정폭력의 피해자가 아니었다. 작은 아이 앞에 선 나는 강력한 힘을 가진 가정폭력의 가해자가 되었다.

불행은 내 안에 자라지 못한 채 울고 있는 내면 아이로부터 시작되었다. 내면 아이는 나의 진짜 아이를 질투했고, 미워했다. 내 안에서 우는 내면 아이와 내가 사랑으로 돌봐야 하는 진짜 나의 아이, 이 두 명의 아이를 데리고 나는 지옥 같은 마음으로 하루하루를 버텼다. 내가 나의 아이와 내면 아이를 데리고 지옥에서 버티는 동안 수도 없이 많은 감정의 파도를 만났다. 때로는 분노를, 때로는 경멸을 옆에 있는 남편에게 토하듯 쏟아냈다. 맥락 없는 공격에 남편은 상처를 받았고, 그 상처는 오랫동안 남편의 가슴 깊은 곳에 남아 우리 사이를 계속 갈라놓았다.

모든 것의 시작은 나였다. 내가 나를 미워하고 있었다. 부족하고 모자란 내가 너무도 부끄럽고 싫어서 나를 버리려고 했다. 과거에 가해진 폭력과 내가 억압했던 감정, 주입된 생각들이 현재의 나를 만들고 있었다. 오랫동안 잊으려 애쓰던 기억들이라 상처를 마주하겠다고 마음먹은 후에도 한참 동안 아무것도 떠오르지 않아 막막했다. 몸의 감각을 느끼지 않으려 오랜 시간을 보냈기에 몸으로, 마음으로 무언가를 감지하는 것 자체가 어려웠다. 그럼에도 내가 할 수 있는 건 계속 기억해 내려 애쓰고, 느끼려고 노력하는 일뿐이었다.

그동안 외면하고 있던 나를 다시 마주보기 시작했다. 자기 사랑의 첫걸음은 나를 이해하는 것에서 시작됐다. 나의 몸과 감정, 그리고 생각을 하나하나 들여다봤다. 몸으로 감지한 감각이 어떻게 감성으로 연결되는지, 감정은 어떤 생각을 자연스레 떠오르도록 하는지, 생각이 떠오르면 나는 반사적으로 어떤 행동이 나오는지 살펴보았다. 그 과정에서 몸, 마음, 생각이 모두 연결되어 있다는 것을 알게 되었다.

이 책에는 가정폭력이라는 상처가 어떤 방식으로 나를 쫓아다니며 괴롭혔는지 상세히 적혀 있다. 그 상처는 내 모든 관계를 망가뜨렸다. 특히 남편과의 관계에서 많은 혼란을 빚었다. 그런데 상처를 직면하고 치유하는 과정에서 남편과의 관계도 자연스럽게 좋아졌다. 글을 쓰며 계속해서 과거를 되돌아보는 과정에서 '내 잘못이 아니다'라는 단순한 진실을 만났다. 그 진실을 알고서야 나는 나를 용서하고 나의 내면 아이를 안아 줄 수 있었다. 이제 당신의 상처를 바라보자. 그리고 당신 안, 어딘가에 있을 내면 아이를 불러 보자. 그 아이가 당신의 삶이 그토록 힘든 그 이유를 말해 줄 것이다.

"안녕, 나의 내면 아이야?"

프롤로그: **이유 없이 힘든 삶은 없다**

1장   내 안의
나를 만나다

2장 진정한 나를
들여다보는 법

3장 관계는
태도에서 나온다

4장   '자기 사랑'을 위한
               실천법

에필로그: 내가 한 모든 선택에 사랑을 보낸다

내 안의 나를 만나다

1

절망을 감추는 당신에게

"거기, 너희 둘! 이리 와 봐!"

날카로운 목소리에 내 심장은 바닥으로 '쿵' 떨어졌다.
온몸이 얼어붙은 나는 먼저 가는 친구의 뒤를 따라 겨우겨
우 주인아주머니가 서 있는 계산대까지 걸어갔다. 앞에 서
있는 친구의 새빨개진 귀가 눈에 들어왔다.

"너네, 주머니에 넣은 거 꺼내 봐."

아주머니가 내 팔을 툭 치며 말했다. 친구는 귀찌 한 개를, 나는 비닐 포장지 안에 들어 있는 링 귀걸이 한 쌍을 꺼냈다. 학생 둘이 어설프게 물건을 훔치다가 걸린 게 번거롭다는 듯, 가게 주인은 우리를 경찰서가 아닌 부모에게 인계하는 것으로 일을 마무리 지었다. 자신은 절대 엄마에게 말할 수 없다는 친구 대신 내가 집에 전화를 걸었고, 잠시 후 도착한 엄마는 아무 말도 하지 않았다. 나는 엄마의 무표정한 얼굴에서 어떤 감정도 읽어 낼 수가 없었다.

집으로 돌아와 우리는 마네킹처럼 앉아 무표정하게 저녁을 먹었다. 몇 시간 전, 귀걸이를 훔치다 들킨 일은 마치 꿈속에서 벌어진 일 같았다. 얼마나 더 큰 사고를 쳐야 엄마는 저 우아한 가면을 벗을까? 이 모든 상황을 뒤집어엎고 싶다는 충동이 거대한 파도처럼 밀려왔다.

닫힌 안방 문밖으로 새어 나오는 비난의 목소리와 물건 깨지는 소리는 새벽에만 찾아오는 유령처럼 머물렀다가 다음 날 아침이면 감쪽같이 사라졌다. 누구도 상황을 설명해 주지 않았다. 우리 집은 언제나 심층이라는 바닷속에 잠겨 있는 화산처럼 표면으로 드러나지 않은 채 바다 깊은 곳에서 계속 끓어오르고 있었다. 언제 터질지 모르는 그 화산이 두려웠다. 침묵이 답답해 미칠 것 같은 날에는 아빠의 말에 대거리하며 반항했다. 돌아오는 건 무차별적인 폭행이었지만, 적어도 수면 위로 올라온 폭력의 민낯을 대하고 나면 마음껏 아빠를 증오할 수 있어 속이 편했다.

나는 귀걸이를 훔치다 들킨 이후, 습관처럼 학교 앞 문방구에서 물건들을 훔치기 시작했다. 스티커나 펜을 손에 들고 구경하는 척 만지작거리다 주인아저씨가 다른 곳을 보고 있을 때 교복 주머니에 얼른 넣었다. 그렇게 훔친 물건들은 친구들에게 주거나 쓰레기통에 버렸다.

물건을 훔치는 일은 폭력을 휘두르는 아빠에 대한 복수이자, 그런 상황에서 벗어나려 그 어떤 노력도 하지 않는 비겁한 엄마에 대한 복수였다. 내 삶을 엉망으로 만드는 것, 그게 할 수 있는 최대의 반항이었다. 잘못된 길로 가는 자식을 지켜보는 일이 가장 고통스러울 것이라 생각했다. 내 인생을 담보로 삼아서라도 부모에게 상처를 주고 싶었다. 아무 일도 없다는 듯 자신의 분노를 폭력으로 표출하는 아빠에게, 침묵 속에 능숙하게 자신의 절망을 감추는 엄마에게.

아무리 아무 일 없는 척해도, 아이는 부모 안의 감정을 그대로 느낀다. 그리고 거울처럼 그 감정을 부모에게 다시 비춘다. 나는 특히 엄마의 분노와 좌절을 고스란히 느꼈다. 배우자와 소통하지 못하는 외로움, 상황을 변화시키고 싶지만 어디서부터 시작해야 할지 모르는 막막함, 다 지긋지긋해서 그만두고 싶어도 경제적 현실 때문에 아무것도 할 수 없는 자신의 초라함. 엄마가 이런 감정들을 마주하고 이겨 내서 진정으로 원하는 삶을 살아가길 바랐다. 하지만 엄마는 용기를 내지 못했다. 엄마는 자기 자신으로부터, 내가 비춘 감정의 폭풍으로부터 도망쳤다. 엄마는 내게서 보이는 자신의 감정을 외면했고 침묵하기를 선택했다. 그렇게 엄마와 나의 연결은 끊어졌다. 엄마는 왜 자신의 존엄을 지키기 위해, 또 아이들의 안전을 위해 폭력에서 벗어나려 하지 않았을까? 왜 남편이 자신과 아이들에게 휘두르는 폭력에 침묵으로 방관했을까?

엄마의 침묵은 방관이자 폭력에 대한 동조이기도 했다. 그 침묵과 외면으로 나는 완전히 버림받은 아이가 되었다. 엄마와의 단절은 나에게 지독한 외로움을 가져다주었다. 또 그 외로움은 내가 맺는 모든 관계에 영향을 미쳤다. 버림받지 않기 위해 높은 성벽을 쌓고 나를 보호하며 살아야 했다. 부모가 스스로 내면을 돌보지 않았기에, 그 감정의 소용돌이는 고스란히 나에게 전해졌다. 엄마의 억압된 감정과 아빠의 터질듯한 분노를 안고 감정적으로 버겁고 힘든 삶을 살았다. 부모라면 아이가 비춰 주는 자신의 감정과 고통에서 절대 도망치지 말아야 한다. 부모가 자신의 감정을 온전히 책임질 때, 아이도 감정을 다루는 방법을 배울 수 있다.

2

말하지 못한 고통은 나를 공격한다

아빠의 폭력과 엄마의 침묵 속에서 꾸역꾸역 십 대를 살아가던 나에게 대학은 탈출구였다. 그러나 성인이 된 후에도 아빠는 '통금'이라는 수단으로 나를 계속 통제했다. 오래된 억압과 폭력으로 무기력해진 나에게 탈출의 문은 너무도 무거웠다. 아무리 힘을 주어도 그 문은 꼼짝도 하지 않았다. 10개월의 어학연수로 아빠에게서 벗어나는 자유를 잠시 맛봤지만, 돌아오고 나서는 그 전과 다르지 않은 갑갑한 일상을 반복했다.

대학교 3학년 즈음, 아빠가 태국에서 열리는 교육 박람회에 참여할 일이 있었다. 나는 어학연수를 다녀왔다는 이유로 아빠의 일을 도와야 했다. 아빠와 오랜 시간 함께 있고 싶지 않아, 전시회가 끝나면 일행과 헤어져 곧바로 호텔로 돌아갔다. 넷째 날 저녁, 발 마사지를 받고 돌아온 아빠가 내게도 마사지를 권했다. 아빠와 둘이 방에 있는 것보다는 낫겠다는 생각이 들어 아빠가 알려 준 호텔 건너편에 있는 마사지숍으로 향했다. 마사지숍의 창문은 커다란 유리로 되어 있어 밖에서도 안이 훤히 보였다. 발 마사지를 받고 나니 전신 마사지도 받고 싶어져 한 시간 반쯤 마사지를 더 받았다. 그때만큼은 아빠를 따라오길 잘했다는 생각도 들었다. 내가 천국에 머무는 동안, 아빠는 한참이 지나도록 돌아오지 않는 딸을 기다리며 지옥을 헤매고 있었다.

마사지를 받고 출출해진 배를 채우기 위해 근처 가게에서 핫도그와 감자튀김을 샀다. 손에 들린 봉투 안에서 고소한 기름 냄새가 났다. 엘리베이터에서 내려 가벼운 발걸음으로 호텔 복도를 꺾어 방으로 향했다. 복도 반대편 끝에 아빠가 초점 없는 눈으로 멍하게 서 있었다. '아빠가 왜 나와 있지?'라는 생각이 들었다. 아빠는 나를 발견하고는 눈을 번뜩이며 빠른 속도로 걸어왔다. 아빠의 손이 내 뺨에 닿는 순간, 번쩍 번개가 치는 것 같았다. 상황 파악을 할 새도 없이 일어난 일이었다. 나는 무방비 상태로 아빠에게 무차별적인 폭력을 당했다. 내 몸은 바람 빠진 풍선처럼 휘청였다. 말도 잘 통하지 않는 외국에서 딸을 잃을지도 모른다는 두려움, 자신이 정해 준 한계를 넘어간 딸에 대한 분노, 여러 감정이 뒤범벅된 아빠는 괴물이 되었다.

얼마나 시간이 흘렀을까? 실컷 때리고 분이 다 풀렸는지 아빠는 복도에 널브러져 있는 나를 두고 혼자 방으로 들어갔다. 그제야 눈물이 흘렀다. 이대로 도망치고 싶었다. 하지만 한국에서도, 태국에서도 도망칠 곳은 없었다. 바닥에 떨어진 감자튀김을 주워 담아, 풀린 다리를 끌며 겨우 방에 도착했다. 조각난 나의 몸과 마음도 감자튀김처럼 다시 담을 수 있다면 얼마나 좋을까? 그날의 기억은 조각이 몇 개 사라진 퍼즐 같아서 아무리 맞춰 보려 해도 완성되지 않았다. 몇 번이고 그날의 기억을 되짚으며 수도 없이 많은 '만약에…'로 시작하는 이야기를 상상했다. '만약에 아빠랑 둘이 있는 게 어색하고 싫어도 내가 마사지를 받으러 나가지 않았다면…', '만약에 아빠 말대로 발마사지만 받고 돌아왔더라면…'

밤새 우는 나를 두고, 아빠는 침대에서 코를 골며 잠을 잤다. 울지 않으려 아무리 애를 써도 고장 난 수도꼭지처럼 눈물이 멈추지 않았다. 아빠가 시끄럽다고 또 화를 내며 때릴지도 모른다는 생각에 어떻게든 울음소리를 내지 않으려 애를 썼다. 그 자리에서 사라지고 싶었다.

다음 날, 아빠는 아무 일도 없었다는 듯 나를 대했다. 미안하다는 사과의 말도, 괜찮냐는 위로의 말도 없었다. 한국으로 돌아온 후, 이야기를 전해 들은 엄마도 대수롭지 않게 이미 지나간 일을 어쩌겠냐고 했다. 여러 번 엄마와 이야기하려 시도했지만 돌아오는 건 언제나 회피와 단절이었다.

아빠와 엄마가 내 고통을 별것 아닌 것으로 여길 때마다 나라는 존재가 무가치하게 느껴졌다. 내가 너무 하찮아서 이 고통에 누구도 공감하지 않는 것이라고 믿었다. 그때부터 버림받는 고통을 느끼고 싶지 않아 나의 감정을 외부로 표출하지 않았다. 감정을 계속 억누르다 보니 몸과 마음까지 무감각해졌고, 결국 몸에 이상이 생기기 시작했다. 몸에 쌓인 고통이 칼이 되어 내 몸을 찔렀다. 그 칼끝에는 수치심이라는 독이 가득 묻어 있었다.

대학 4학년 여름, 동아리 모임 중 입에 거품을 물고 정신을 잃었다. 나를 부르는 목소리에 눈을 뜨니 119 구급 대원이 보였다. 이후 대학 병원에서 여러 검사를 받았고, 한 번 더 발작 증세가 나타나면 평생 간질약을 먹어야 할 수도 있다는 이야기를 들었다. 20대 내내 각종 질병이 추가되었다. 갑상선기능항진증, 안구돌출증, 자궁 관련 질환들까지.

부모가 나를 대했던 태도는 무의식 깊은 곳에 '나는 가치 없는 존재'라는 메시지를 심어 주었다. 그 메시지는 뿌리 깊은 신념이 되었고, 현실에서 아무것도 할 수 없는 몸을 만들어 냈다. 내면 상태가 현실을 만든다는 걸 보여 준다. 무의식의 신념이 만들어 낸 고통은 그 신념을 바꾸지 않는 한 반복된다. 나는 부모가 심어 준 잘못된 신념을 바로잡기 위해 오랜 시간, 수없이 많은 노력을 해야 했다.

당신 안에 있는 신념이 무엇인지 적어 보라. 당장 떠오르지 않더라도 질문을 가슴에 품고 있다 보면, 서서히 믿고 있던 많은 신념들이 의심스러워지는 순간이 올 것이다. 그 때를 놓치지 않고 꼭 붙잡길 바란다.

3

터널의 한가운데서

20대 중반, 몸이 아프면서 내 삶도 함께 멈췄다. 갑상선기능항진증으로 호르몬이 불균형한 상태라 조금만 움직여도 금방 피곤했다. 인생의 방향을 세울 수도, 취업을 준비할 수도 없었다. 일상의 활력이 모두 사라졌고 점점 더 무기력해졌다. 게다가 갑상선기능항진증의 합병증인 안구돌출증으로 피해의식까지 생겼다. 눈 뒤쪽의 근육이 점점 두꺼워지며 안구가 계속 앞으로 튀어나와, 결국엔 눈꺼풀이 완전히 닫히지 않는 상태가 되있다. 양쪽 눈의 불균형이 너무 심각해 누구든 한눈에 알아차릴 정도였다.

그때부터 꼭 필요한 일이 아니면 외출을 하지 않았다. 나가야 하는 일이 생기면 테가 두꺼운 안경을 써서 눈을 조금이라도 가리려 애썼다. 몇 번 갔던 가게의 종업원이 나를 기억하기라도 하면 눈 때문에 나를 기억하는 것 같아 수치심이 들었다. 결국 안면홍조증과 대인기피증까지 생겼다. 남동생이 군대에 간 후에는 컴퓨터가 있던 동생의 방에서 밤새도록 드라마를 보거나 인터넷을 하며 시간만 죽이는 무의미한 날들을 보냈다.

그날도 새벽까지 드라마를 보며 시간을 때우고 있었다. 안방에서 시끄러운 소리가 나기 시작하더니 기어이 뭔가 깨지는 소리가 들렸다. 나는 조용히 일어나 방문을 빠끔히 열었다. 대각선 건너편 안방의 닫힌 문 사이로 엄마의 울부짖는 소리가 들렸다. 무서웠다. 성인이 되었지만 내 안에는 아빠의 폭력에 벌벌 떨며 공포에 얼어붙은 어린아이가 자라지 못한 채 살고 있었다. 동생 없이 혼자 이 상황을 감당할 수 있을까? 나는 안방 앞에 서서 초조하게 문손잡이를 잡았다 놓기를 반복했다.

"그래, 죽여라. 죽여!"

엄마의 외마디에 나도 모르게 손잡이를 돌렸다. 바닥에는 스탠드 전등이 넘어져 깨져 있었고, 엄마와 아빠가 서로를 노려보며 씩씩거리고 있었다. 나는 덜덜 떨리는 몸으로 엄마를 내 등 뒤에 두고 아빠를 마주 보고 섰다. 다행히 내가 방에 들어간 것만으로 분위기가 환기되었는지 싸움이 끝났다. 아빠가 씩씩거리며 거실로 나갔고, 엄마는 나에게 방으로 돌아가라며 침대에 걸터앉았다. 그때였을까, 계속 이렇게 살 수는 없다고 생각했던 순간이. 아빠의 폭력에 맞섰다는 사실이 나에게 힘을 주었다. 내가 아무런 가치도 없는 존재가 아닐지 모른다는 희망이 생겼다. 어쩌면 나도 뭔가해 볼 수 있겠다는 작은 싹이 내 마음속에 아주 조금 돋아난 것이다.

운명이나 팔자를 탓하며 어쩔 수 없다고 믿었던 고통들은 사실 무의식에 깊게 박힌 잘못된 신념들이 만든 가짜였나. 어린 시절부터 몸과 마음에 새겨서 내 것이 아닐 수 있겠다는 의심조차 하지 못했을 뿐이다. 무의식에 감춰진 잘못된 믿음을 찾는 것이 치유의 중요한 첫걸음이었다.

아빠의 폭력과 엄마의 무관심 아래 무기력하게 살던 내가 고통의 패턴을 알아차리고 거기에서 벗어나려는 마음을 낼 수 있던 힘은 아주 작은 성취에서 출발했다. 나는 용기를 내서 엄마와 아빠가 싸우던 방에 들어가기를 선택했고, 내 손으로 방문 손잡이를 돌렸다. 그리고 내가 그 공간에 머무는 것만으로 갈등 상황이 종료되는 경험을 했다. 그 순간, 어쩌면 나도 살아갈 가치가 조금은 있지 않을지, 가치 없는 존재라는 메시지가 진실이 아닐 수도 있겠다는 가능성을 발견했다. 언제까지 동굴 같은 이 집에 갇혀 있을 수는 없었다. 이제는 세상으로 나갈 준비를 할 시간이었다.

부모가 나에게 계속해서 전달했던 메시지는 '너는 가치 없는 존재'라는 것이었다. 처음에는 그 생각을 받아들이고 싶지 않아 반항했다. 물건을 훔치고, 말대꾸를 하고, 집안의 규칙을 어겼다. 그러나 그런 시도들은 아빠의 폭력과 엄마의 외면으로 별 효과를 보지 못했고 나는 좌절했다. 부모는 '사랑'이라는 포장지에 싸인 '수치심'이라는 사탕을 내 입에 억지로 밀어 넣었다. 아무리 뱉어 내려 노력해도 소용이 없었다. 고통이 반복되는 이유는 부모가 자녀에게 자신의 트라우마나 수치심을 그대로 전달하기 때문이다. 그 패턴은 타인이 보기에는 예측이 가능할 만큼 매우 뻔하지만 나무에 집중하면 숲 전체를 볼 수 없듯, 이미 고통에 사로잡힌 사람은 알아차리기가 매우 어렵다.

안구돌출증으로 자존감이 바닥이던 나는 무엇보다 사람을 만나는 것이 두려웠다. 취업에 면접이 큰 영향을 미치지 않는 직업을 찾다가 공무원 시험 준비를 결심했다. 4년이라는 긴 시간 동안 시험을 준비하며 힘든 순간도 많았다. 하지만 끝없이 떨어지던 구덩이에서 드디어 바닥에 발이 닿았기에 이제는 올라갈 일만 남았다고 믿으며 버텼다.

터널에는 반드시 출구가 있다. 지금 어둡다는 것은 내가 터널의 한가운데 있다는 뜻이다. 긴 터널의 한가운데는 빛이 전혀 들어오지 않아 아주 캄캄하다. 내가 암흑 속에 있다고 생각하면 한 발을 내딛기도 두렵지만, 터널을 지나가는 여정 속에 있다고 믿으면 용기가 났다. 영화 〈겨울왕국 2〉에서 안나가 사랑하는 사람들을 모두 잃고 엄청난 상실에 좌절하다가 슬픔을 떨치고 일어나며 부르는 노래가 〈The next right thing〉이다. 나 역시 당장 내가 해야 하는 일에 집중했고 바로 다음에 내딛는 한걸음에 온 힘을 쏟았다. 미래의 불안함과 과거의 후회가 밀려올 때마다 내가 봐야 하는 건, 바로 '지금'이라고 나를 다독였다. 그렇게 나 자신을 믿은 덕분에 다섯 번째 시험에 합격할 수 있었다.

만약 지금 당신의 삶이 힘들다면 당신을 흔드는 잘못된 신념이 무엇인지 살펴봐야 한다. 당신이 '반드시' 혹은 '당연히'라고 생각했던 그 믿음들이 과연 자신의 생각인지, 누군가 나에게 주입했던 메시지는 아닌지 점검해 보는 것이 좋다. 당신의 무의식에 박혀 있는 믿음이 진실인가 질문해 보라.

4
붕대만 감는다고 낫는 게 아니다

공무원 생활은 생각보다 힘들었다. 나의 강점과 적성은 전혀 고려하지 않은 채, 면접의 비중이 낮은 직업을 골랐으니 당연한 결과였다. 매일 처리해야 하는 민원이 물밀듯이 쏟아졌다. 민원인이 내뱉는 욕설과 때로는 물리적 폭력, 그에 지지 않으려 고압적인 태도를 유지하며 근무시간 내내 긴장된 상태로 있어야 했다. 수백 명의 아빠와 하루 종일 함께 있는 것처럼 매일 소진됐다.

하루는 순서가 한참 지난 번호표를 들고 온 민원인이

자신의 업무를 먼저 처리하라며 소리를 질렀다. 안 된다고 거절하자 민원인은 책상을 밟고 올라와 플라스틱 보호대를 발로 차고 내가 있는 쪽으로 넘어오려고 했다. 곧이어 사람들이 우르르 몰려들었고, 동물원의 원숭이가 된 것 같아 창피했다.

결국 경찰이 출동했다. 지구대에 도착해서도 그 민원인과 한 공간에 있어야 했다. 민원인은 계속 나에게 욕을 하며 소리를 질렀다. 경찰관은 몇 번 그 민원인에게 조용히 하라고 말했지만, 나와 민원인의 공간을 분리하지는 않았다. 그때는 나에게 그걸 요구할 수 있는 권리가 있다는 것을 몰랐다. 내 진술 차례가 되어 진술실 안으로 들어가기 전까지 민원인과 같은 공간에서 그의 욕설을 들어야 했다. 이날의 경험은 또 다른 트라우마로 남았다.

결혼하고 바로 아이가 생기면서 도망치듯 육아 휴직을 했다. 육아 휴직을 마치고 3년 만에 다시 돌아간 직장은 여전히 전쟁터였다. 민원인들의 고성과 욕설, 성적 모욕이 담긴 말을 아무런 보호 장치 없이 들어야 했다. 민원인들은 원하는 대로 일이 처리되지 않으면 자신의 분노를 나에게 던졌다. 들어줄 수조차 없는 무리한 요구를 거절하면 돌아오는 것은 욕설이었다. 빨간 립스틱을 칠했다는 이유로 성적 수치심을 느끼게 하는 무자비한 언어폭력에 시달렸다. 담당자는 나임에도 젊은 여성이라는 이유로 무시하며 책임자를 불러오라는 일도 빈번하게 벌어졌다.

하루에도 몇 번씩 심장이 터질 듯 뛰었다. 내 삶 곳곳에 폭력이 도사리고 있는 것 같았다. 옆에 앉은 다른 직원을 향해 소리 지르는 민원인을 보면서 두려움에 떨었고, 서류 가득 적혀 있는 여성을 향한 학대와 폭력의 증언을 보면서 세상은 위험한 곳이라는 생각에 사로잡혔다. 바로 뒤에 앉은 상사들은 직원들이 언어폭력을 당하는 걸 보고도 모른 척하며 보호하지 않았다. 아빠의 폭력과 엄마의 무관심이라는 내 삶의 시나리오가 이토록 처절하게 반복되고 있다는 사실에 치가 떨렸다.

그런 일상을 아무렇지 않게 살아가기 위해 나는 더욱더 무감각해져야 했다. 어떤 말을 들어도 울지 않고, 상처받지 않으려 벽을 더 단단하게 쌓아 나를 보호했다. 덜 울기 위해서는 웃음도 버려야 했다. 감정 자체를 느끼지 않아야 버틸 수 있었다. 기계적으로 일을 하고 차갑게 관계를 단절하는 것 말고는 버텨 낼 방법이 없었다.

어렸을 때 부모가 우리를 돌보던 방식은 우리가 성인이 되어 스스로를 돌보는 방식이 된다. 폭력과 무관심 속에서 자란 나는, 감정을 억압하고 무감각하게 만드는 방식으로 나를 대하고 있었다. 따뜻한 눈빛과 사랑으로 돌봄받은 기억이 없어 나를 어떻게 돌봐야 하는지 몰랐다.

우리는 몸에 상처가 나면 상처 부위를 깨끗하게 소독하고 약을 바른 후 밴드를 붙인다. 상처를 수시로 살피기도 하고, 밴드가 더러워지면 새것으로 바꿔 상처가 짓무르지 않도록 한다. 그런데 나는 마음의 상처에 두꺼운 붕대만 칭칭 감아 두고 오랫동안 들여다보지 않았다. 아무리 아파도 절대 붕대를 풀지 않으리라 다짐했다. 마음의 상처는 바람도 햇빛도 통하지 않는 어두운 붕대 안에서 점점 더 곪아 갔다.

나를 적극적으로 돌보며 사랑하기로 했다. 더 이상 나에게 상처를 주는 환경 속에 나를 방치하지 않기로 결심했다. 그렇게 사직서를 제출했다. 내 안에서 '비겁하게 도망치는 거야?'라는 비난의 목소리가 들렸다. 하지만 사직서는 '도망'치는 것이 아니라 나를 '보호'하기 위해 엄청난 용기를 내는 일이었다. 그 사실을 누구보다 내가 잘 알고 있었기에 내 안에서 나를 비웃는 목소리가 들릴 때마다 괜찮다고, 나를 잘 돌보고 있다고 스스로 다독이며 위로했다.

성숙한 어른이 되어 내 안의 상처 입은 어린아이를 보호하고 사랑하기로 했다. 먼저 그 아이의 몸을 칭칭 감싸고 있는 붕대를 풀었다. 오랫동안 햇빛도 바람도 없이 곪았던 아이의 상처는 흉측했고 그걸 보는 건 힘들었다. 그래도 시선을 피하지 않고 있는 그대로의 아이를 똑바로 바라보았다. 아이의 오래된 상처를 치료해 주고 아이가 건강하게 자랄 수 있도록 도와주는 것이 성숙한 어른이 줄 수 있는 사랑이었다. 사랑은 책임지는 것이었다.

5

진실을 마주하는 시간

내면의 상처를 들여다보지 않으려 애쓰던 삶의 방식은 특히 '관계'를 유지하는 데 많은 문제가 나타났다. 작은 갈등에도 바로 최악의 경우를 상상하게 만드는 왜곡된 신념과 갈등이 벌어지는 상황 자체에 대한 극심한 두려움은 언제나 문제를 더 크게 만들었다. 나의 극단적인 말과 과도한 행동으로 가장 상처받는 것은 남편이었다. 남편은 점점 지쳤고 우리의 갈등 속에서 아이 역시 시들고 있었다.

남편과의 관계 개선을 위해 여러 시도를 했다. 부부 상담을 받기도 하고, 가끔은 아이 없이 단둘이 데이트를 하기도 했다. 그러나 그런 노력들은 반짝 효과를 내고는 이내 사라졌다. 근본적인 문제가 여전히 남아 있기 때문이었다. 무엇보다 나는 남편과 소통이 전혀 되지 않는 느낌에 외로웠다. 나에게는 서로 마음을 나누고 상대에 대한 깊은 이해를 통해 하나가 되는 감각이 정말 중요했다. 남편과의 대화는 언제나 겉도는 느낌이었고, 소통하면 할수록 더욱 외로워졌다. 남편과는 절대 내가 원하는 방식으로 소통할 수 없을 것이라는 절망감만 커졌다.

별것 아닌 말다툼으로 시작했다가도 냉전이 길어지면 서로 억울한 마음이 쌓였다. 특히 내가 일을 그만두면서 '돈'이 표면상 갈등의 원인이 되는 날이 많았다. 남편은 다투고 나면 종종 돈으로 나를 억압하려는 모습을 보였다. 정해진 날이 한참 지나도록 생활비를 주지 않거나, 현금으로 주던 생활비를 상의 없이 신용카드로 바꾸는 방식이었다. 아빠의 억압과 폭력으로 '자유'를 빼앗겼다고 믿던 나에게 남편의 행동은 분노를 불러일으키기 충분했다. 숨 막히는 통제와 답답함, 거기에 외로움과 절망까지 겹겹이 쌓이는 날이면 이 모든 걸 끝내고 싶다는 생각만 간절해졌다.

너무 복잡하게 꼬여 있는 실타래를 어떻게 풀어야 할지 도무지 감이 잡히지 않았다. 하나씩 풀겠다고 굳게 마음을 먹어도 막상 손을 대려고 하면 어디서부터 시작해야 할지 막막했다. 너무 많은 시간과 노력이 필요할 것 같았고 해낼 수 있을 거란 확신도 없었다. 그렇다고 꼬인 매듭을 단번에 자르자니 아이가 받을 상처가 눈에 밟혔다. 직장을 그만둔 것처럼 꼬리만 자르고 나온다고 해서 끝나는 일이 아니었다. 나를 보호하기 위해 아이를 희생시킬 수는 없었다. 이혼 후, 남겨진 아이가 버림받았다는 상처로 평생을 고통스러워할 걸 생각하면 견딜 수 없을 만큼 괴로웠다.

내가 할 수 있는 건, 그리고 반드시 해야 하는 건, 나의 상처를 하나하나 들여다보는 일이었다. 엉킨 실타래같이 꼬여 있는 과거를 풀어 내려면 시간과 정성이 필요했다.

과거를 더 잘 들여다보기 위해 선택한 것은 글쓰기였고, '나를 찾는 글쓰기'라는 수업에 참여했다. 수업의 이름처럼 글을 잘 쓰기 위한 기술을 배우는 수업이 아니라 참여자가 각자의 상처를 들여다보며 글을 쓰는 모임이었다. 글쓰기 수업이라는 간판을 달고 있었지만, 실제 수업은 집단 상담에 가까웠다. 글쓰기 모임을 통해 처음으로 누군가에게 '조건 없이 받아들여진다'는 감각을 느꼈다. 내 안에 있는 어떤 추한 이야기를 꺼내도 안전하다는 절대적인 믿음, 과거의 실수만으로 지금의 나를 판단하지 않을 것이라는 신뢰가 오랫동안 닫혀 있던 마음을 천천히 열게 했다.

글쓰기 수업에서 과거 트라우마 장면들을 글로 썼다. 사실 이때까지만 해도 '트라우마'라는 단어는 전쟁이나 집단 학살을 겪은 사람들만 사용할 수 있다고 생각했다. 내가 겪은 가정폭력은 그저 누구나 가지고 있는 흔한 에피소드라고 말이다. 친한 사람들에게 내 이야기를 어렵게 꺼낼 때조차 "우리 세대에 부모한테 안 맞고 자란 사람이 어디 있겠어."라며 너스레를 떨기도 했다.

오랫동안 붕대로 칭칭 감아 방치했던 상처를 들여다보았다. 상처 부위는 생각했던 것보다 훨씬 크고 심각했다. 상처는 생명력을 가진 또 다른 나였다. 심지어 상처는 나보다 더 강한 생명력으로 '현실의 나'를 조종하고 있었다. 상처는 내가 세상을 있는 그대로 바라보고 느끼지 못하도록 왜곡된 시선을 만들어 냈고, 극단적인 사고방식과 충동적인 행동으로 나의 삶을 위태롭게 하고 있었다.

자신의 상처를 대면하기 위해 가장 필요한 것은 자신이 상처를 감당할 수 있으리라는 '믿음'이다. 스스로에게 그럴 만한 힘이 있다고 말해 주거나 믿을 만한 사람과 상처를 나누며 지지를 받는 것이다. 상처는 한 번 입 밖으로 꺼내고 나면 훨씬 가벼워진다. 상처에 빛과 바람을 통하도록 해 주기 때문이다.

나에게는 글쓰기 수업이 그런 경험이었다. 글을 통해 그동안 상처를 계속 외면하고 있었다는 진실을 마주할 수 있었다. 나의 상처가 그대로 드러나는 글을 읽은 글쓰기 선생님과 동료들은 그 고통을 있는 그대로 수용해 주었다. 어느 누구도 조언이나 충고를 하지 않았다. 설사 나의 행동이 비난받을 만한 일이라도, '그럴 만한 이유가 있었겠지'라며 먼저 나를 이해해 주었다. '얼마나 아프고 외로웠니'라는 고요하고 다정한 눈빛이 있었기에 그들의 말이 내 마음 깊은 곳까지 전달될 수 있었다.

글쓰기를 통해 상처를 들여다보면서 나를 조건 없이 지지해 주는 사람들을 만났다. 그 과정에서 나는 나에게 상처를 치유할 수 있는 힘이 있다고 믿게 되었다. 상처를 가진 사람일수록 섣불리 타인에게 마음을 열기가 쉽지 않다. 그러나 상처받을 것이 두려워 언제까지고 자신을 숨겨서는 안 된다. 마음을 조금 열어 두어야 그 틈 사이로 당신의 그 '단 한 사람'이 들어올 수 있다. 타인을 믿는 게 아니라 자신을 믿고 타인에게 마음 열기를 포기하지 않길 바란다.

6

내 안에는 두려움에 얼어붙은 아이가 살고 있었다

아이와 둘이 인사동에 놀러 간 날이었다. 늦여름 저녁의 시원한 공기와 반짝이는 조명에 아이도 나도 들떠 이곳저곳을 구경하며 걷고 있었다. 그러던 중, 아이가 관심을 보이는 한 가게에 들어갔다. 그곳에는 태엽을 감거나 버튼을 누르면 작동하는 오르골부터 뚜껑을 열면 작은 발레리나 인형이 돌아가는 오르골까지 다양한 오르골이 있었다. 오르골의 맑은 소리를 들으니 마음이 말랑말랑해지는 기분이었다.

구경을 마치고 나가는데, 앞에서 출입문을 밀던 아이가 문이 무거웠는지 뒷걸음질을 치다 실수로 내 발을 밟았다. 샌들을 신은 맨발에 아이의 운동화 밑바닥이 닿는 순간 참을 수 없이 화가 났다. 아이가 의도한 게 아니라는 걸 머리로는 이해하면서도 마음에서 솟구치는 분노를 참을 수 없었다. 나는 터지는 화를 아이에게 모두 쏟아 냈다. 방금까지 몽글몽글한 마음으로 아이와 웃으며 이야기를 나누었던 순간은 모두 날아가 버렸다. 버튼을 누르면 노래가 흘러나오는 오르골처럼 신체에 가해진 고통은 버튼이 되어 0.1초 만에 화로 터져 나왔다.

두려움에 사로잡힌 사람은 상황에 맞는 적절한 행동보다는 충동적으로 반응한다. 두려움이 이성적인 사고를 방해하기 때문이다. 아이가 풍선을 크게 불며 즐거워하는 동안, 나는 풍선이 언제 터질지 몰라 긴장감에 몸이 굳었다. 아이와 공놀이를 할 때면 공이 언제 어디서 날아올지 모른다는 두려움에 극도로 예민해졌다. 결국 높아진 긴장감을 잘 소화하지 못하고 아이에게 건강하지 못한 방식으로 화를 낼 때가 많았다. 그렇게 긴장 상황에서 벗어나야 몸과 마음이 진정됐다.

나보다 약한 아이에게 분노를 표현하는 것이 잘못되었다는 것을 알면서도 화내는 것을 멈추지 못했다. 그렇게 해서라도 긴장에서 벗어나고 싶었다. 내 안에 꽉 찬 분노를 터뜨리고 나면 그동안 나를 괴롭히던 긴장과 고통, 무력감에서 잠시 벗어날 수 있었다. 심지어 때로는 '살아 있다'는 기분을 느끼기도 했다. 무감각한 나에게 분노는 짧은 순간이지만, 피가 돌고 심장이 뛰는 살아 있는 존재라는 걸 느끼게 해 주었다. 그러나 정신이 나간 사람처럼 화를 내고 나면 잠시의 만족감 뒤에 엄청난 수치심과 공허함이 밀려왔다.

나는 살얼음판을 걷는 것처럼 만성적인 두려움 속에 살았다. 길을 걷다 사람들이 소리 지르는 것을 듣거나 싸우는 걸 보기만 해도 심장이 조이듯 아팠다. 아이가 실수로 발을 밟거나 귀에다 소리를 지르면 순식간에 분노가 솟았다. 숨어 있다가 튀어나오는 장난이나 깜짝 놀라게 만드는 공포 영화도 모두 두려움의 대상이었다. 두려움 때문에 언제나 심장이 두근거렸고, 작은 긴장에도 심장이 조여 왔다.

나는 글쓰기 수업을 통해 처음으로 나 자신을 가정폭

력의 피해자로 인정할 수 있었다. 내 안에는 두려움에 얼어붙은 어린아이가 살고 있다는 것, 그리고 나의 '트라우마'를 알게 되었다. 두려움이라는 자극에 분노라는 방식으로 자동 반응을 하는 이유는 내 안에 아빠가 두려워 벌벌 떠는 내면 아이가 있기 때문이었다. 언제 아빠의 기분이 나빠질지, 아빠가 갑자기 가족 중 누군가에게 소리치거나 누군가를 때릴지 몰라 불안했다. 트라우마를 인정하고서야 나의 모든 경험 구슬을 하나의 실로 꿰어 낼 수 있었다. 이유를 알 수 없는 두려움과 어디서부터 시작된 분노인지 이해할 수 있게 해 준 것이 바로 트라우마라는 개념이었다. 어린 시절 부모로부터 받았던 상처를 인정하는 것이 치유의 시작이다. 트라우마를 인정하지 않으면 그것이 내 삶에 미친 영향력도 알 수 없다.

자신의 억눌린 감정이 무엇인지, 그리고 그 감정을 느낄 때 자신도 모르게 하는 자동 반응이 무엇인지 알아차려야 한다. 그 패턴을 알아야 지금의 자신을 이해할 수 있다.

7

제발, 당신이 빨리 죽었으면 좋겠어

"아빠, 폐암이래."

전화기 너머로 들려오는 엄마의 목소리가 한 귀로 들어갔다 반대쪽 귀로 나왔다. 당시 나는 마지막 공무원 시험을 앞두고 집에서 나와 노량진의 고시원에서 살고 있었다. 뭐라고 대답해야 할지 갈피를 잡지 못했다. 엄마의 다음 말을 듣고 나서 지금 내 태도와 엄마가 나에게 기대하는 반응이 크게 다르지 않다는 걸 알 수 있었다.

"넌 신경 쓰지 말고 공부나 해."

고시원 옥상에서 엄마와 통화를 마치고 방으로 돌아왔다. 그동안 쌓아온 아빠에 대한 증오가 내 안에서 일렁이고 있었다. 아빠만 없으면 행복하게 살 수 있을 것이라 믿었다. 단 하루라도 안전한 집에서 마음 편하게 살고 싶었다. 아빠가 죽을지도 모른다. 내가 평생을 증오한 아빠가 드디어 사라질 수도 있다. 아빠의 죽음은 나에게 해방과 자유를 의미했다. 그 자유는 엄마의 것이기도 했다. 불행한 결혼 생활을 우아하게 마무리할 방법 중 배우자의 죽음만큼 완벽한 것이 있을까?

자신의 출발점이자 뿌리인 부모를 증오하고 심지어 그들의 죽음을 바란다는 건 견디기 힘든 무게다. 하지만 뿌리가 형편없는데 거기서 좋은 열매가 열리긴 어렵다. 부모가 형편없다고 믿으며 자신은 괜찮은 사람이라고 평가하기는 힘들다. 부모를 미워할수록 자신에 대한 혐오 역시 커질 수밖에 없다. 자식을 때리는 심승만도 못한 부모에게 데이난 나는 더 형편없는 인간이라고 생각하는 편이 훨씬 쉽고 설득력 있다. 게다가 부모가 죽거나 사라졌으면 좋겠다는 '몹쓸 생각'을 하는 인간 이하의 존재라는 꼬리표까지 붙이고 나면 죄책감과 수치심이라는 끝없는 구덩이에 빠지고 만다.

남편과의 관계가 손쓸 수 없을 만큼 최악의 상황이 되었을 때, 남편에게 가졌던 미움과 증오는 아빠에게 가졌던 것과 똑같았다. 별거도 이혼도 하지 않겠다는 남편의 답답한 선택이 나를 궁지에 몰아넣자 차라리 남편이 죽었으면 좋겠다는 생각까지 했다. 나는 어린 시절의 상처를 모두 남편에게 투사하고 있었다. 동등한 성인으로 각자의 삶을 책임지는 것이 부부인데, 나의 부모에게 바랐던 무조건적인 사랑을 남편에게 요구하고 충족되지 않는다며 남편을 비난했다. '아빠만 없으면' 하고 바랐던 마음은 결혼 후, '남편만 없으면'이라는 마음으로 바뀌었다. 하루는 격해진 싸움 끝에 남편이 체념하듯 말했다.

"그냥 당신이 퇴근길에 자동차 사고가 나서 죽었으면 좋겠다고 생각했어. 그러면 은성이에게도 말하기 편할 테니까. 그러면 모든 게 다 끝날 테니까."

나 역시 자신을 향해 같은 생각을 했다는 걸 모른 채, 힘겹게 꺼낸 남편의 말은 오랫동안 내 마음에 남았다. 그 말을 하기까지 남편이 얼마나 괴로웠을지, 또 그런 생각에 얼마나 자책했을지, 이렇게까지 엉망이 되어 버린 관계와 상황들에 얼마나 힘들었을지 그 마음이 이해되었다.

만약 나도 아빠에게 내 마음을 솔직히 말할 수 있었다면, 죄책감과 수치심을 조금은 덜 수 있었을까? 나를 때린 당신을 증오한다고, 그래서 당신이 빨리 죽었으면 좋겠다는 생각을 했다고. 그렇게 내 안에 독같이 퍼진 그 말을 밖으로 뱉을 수 있었다면 내 삶은 조금 덜 힘들었을까?

부모를 향한 증오와 경멸의 마음을 가지고 있는 사람은 정말 인간도 아닐까? 나는 그렇게 생각하지 않는다. 그 사람이 어쩌다 그런 마음을 가지게 되었는지 헤아려 주는 게 먼저다. 나를 지독히도 힘들게 하는 사람을 미워하는 건 너무도 자연스러운 일이다. 누구나 당연히 그럴 수 있다. 그렇기에 어떻게 그런 못된 생각을 하냐는 경멸의 눈으로 자신을 바라보지 말자. 구멍 난 자신의 마음을 먼지 인정해 주는 것이 먼저다.

"네가 얼마나 힘들었으면 그런 생각까지 했을까. 그동안 얼마나 힘들었니."

아빠는 폐암 3기에서 4기로 넘어가는 과정에서 치료를 시작했다. 중간중간 고비는 있었지만, 아빠는 결국 완치 판정을 받았다. '의지의 한국인'이 떠올라 피식 웃음이 났다. 그래, 그렇게 죽으면 아빠가 아니지. 어쩌면 아빠가 죽지 않고 지금까지 살아 있어 내 마음의 죄책감이 1g쯤 덜어졌을지도 모르겠다.

8
아이 눈에 비친 사랑

오랜만에 친정집에서 가족 모임이 있었다. 부모님과 우리 세 식구, 그리고 남동생네 식구까지 모두 모여 마당에서 고기를 구워 먹었다. 늦가을의 햇살이 꽤 뜨거웠다. 마당 가운데 화로를 두고 다 구운 고기를 파라솔로 가져와 먹었다. 사이가 별로 좋지 않은 아내의 식구들과 함께 있는 게 불편했을 남편은 뜨거운 햇빛 아래 혼자 앉아 묵묵히 고기를 구웠다. 남동생은 아직 어린 조카를 보느라 밥을 제대로 먹지 못하는 올케에게 음식을 먹여 주었다. 맞은편에 앉아 그 모습을 지켜보던 아이가 갑자기 이렇게 말했다.

"어? 알았다! 그거구나!"

무슨 소리인지 몰라 아이를 쳐다봤다. 아이는 횡설수설하더니 금방 다른 이야기로 화제를 돌렸다. 다정한 동생네 부부를 바라보고 있으니, 갑자기 가슴에 난 구멍으로 바람이 훅 들어오는 것처럼 시렸다. 땡볕에 혼자 앉아 고기를 굽는 남편을 바라보았다. 그날따라 남편과 나의 거리가 유난히 멀게 느껴졌다.

집에 돌아와 잠자리에 누워 아이에게 낮에 했던 말이 무슨 뜻인지 물어보았다. 아이는 해맑게 "그러니까 서로 사랑하는 사이인 거잖아, 삼촌하고 숙모는! 음식도 먹여 주고."라는 말로 대답했다. 늘 냉랭한 엄마와 아빠의 관계를 봐 온 아이에게 유독 그 장면이 눈에 띄었던 걸까? 아이는 음식을 먹여 주는 모습에서 '사랑'을 발견했다. 문득 침묵 속에 밥을 먹던 어린 시절 우리 집 식탁 풍경이 떠올랐다. 예전의 나처럼 아이에게도 집이 편안하거나 사랑 넘치는 장소는 아니겠다는 생각이 들었다. 행복한 가정을 꿈꾸며 결혼하고 아이를 낳았는데, 결국 내가 어린 시절 느꼈던 외로움을 나도 아이도 그대로 느끼고 있었다.

　　문득 남편의 눈을 바라본 게 아주 오래전 일이라는 걸 깨달았다. 남편과 눈을 맞추며 이야기를 나눈 것이 언제였던가? 나는 부모에게 받지 못한 사랑을 남편에게 받으려 했고, 그 욕구가 충족되지 않자 남편을 비난하며 미워하기 시작했다. 어느 순간 나에게 '적'이 되어 버린 남편을 증오했다. 우리의 그런 관계가 결국 아이를 외롭게 만들었다. 내가 원했던 것은 서로 사랑하는 가족이었다. 그런데 나는 사랑을 받으려고만 했다. 남편이 나에게 무조건적으로 사랑을 베풀어야 한다고 믿었다. 심지어 내가 먼저 남편에게 사랑을 주고 배려해야 하는 상황이 억울하기까지 했다. 떼를 쓰는 아이처럼 우리의 관계가 망가진 것을 모두 남편 탓으로 돌렸다. 관계를 회복하기 위해서는 남편에게 일방적으로 사랑을 달라고 요구하는 것을 멈춰야 했다. 내가 먼저 나를 사랑해야 했고, 더 나아가 남편과 아이에게도 조건 없는 사랑을 주어야 했다.

　　다음 날 아침, 남편이 손을 만지작거리며 옆에 앉은 아이에게 말했다.

"어제 불이 너무 뜨거웠나 봐. 아빠 손이 아프다."

사이가 나빠진 후, 남편은 종종 나에게 하고 싶은 말을 아이에게 하는 방식으로 나와 소통했다. 나에게 하고 싶은 투정이었겠지만 받아 주지 않을 게 뻔하니 속에 있는 마음을 허공에 던지듯 아이에게 이야기한 것이다.

나는 햇빛 아래 몇 시간씩 앉아 뜨거운 불 앞에서 고기를 구웠던 남편의 힘듦을 전혀 공감하지 못했다. 내가 남편에게 느껴야 하는 감정은 고마움이어야 했다. 그러나 나는 '과거'에 사로잡혀 '현재'를 있는 그대로 보지 못했다. 상황을 현실적으로 판단하지도, 남편의 마음에 공감하지도 못했다. 남편의 아프다는 말을 듣고도 남편이 안쓰럽거나 걱정되기보다 뭐 대단한 일을 했다고 징징거리냐는 마음이 먼저 올라왔다. 나는 남편이라는 존재를 만족을 충족하기 위한 수단으로 생각하고 있었다는 사실을 깨달았다.

어린 시절을 억압과 폭력 아래서 지내야 했던 나에게는 '나'의 자유와 생존이 너무 중요했다. 부모를 만족시키고, 남편을 기쁘게 하고, 아이가 사랑받고 있다고 느끼도록 하는 것보다 내가 먼저 만족하고 싶었다. 내가 즐겁고 싶었으며 사랑받고 있다는 느낌이 가장 간절했다. 이렇듯 모든 초점이 너무 '나'에게만 집중되어 있어, 주변 사람들의 힘듦이 전혀 눈에 들어오지 않았다. 나의 자유를 찾고 내가 행복해지는 것도 중요하지만, 주변 사람들과의 균형이 어그러진 상태라면 그건 행복이 아니라 착취였다.

행복해지려고 아무리 발버둥을 쳐도 결국 다시 원점으로 돌아오는 이유를 조금은 알게 되었다. 비록 어떻게 해야 하는지 아직 그 방법까지는 알지 못했지만, 적어도 과거의 상처가 날아가려는 나의 발목을 다시 잡아 아래로 끌어당긴다는 사실만은 분명히 알게 되었다. 당신 안에 살고 있는 아이에게 말을 걸어 보자. 자꾸 당신의 소매를 잡아끄는 그 아이의 이야기를 들어줄 차례다.

"말해 봐, 네가 정말 원하는 건 뭐니?"

2장

진정한 나를 들여다보는 법

1

엄마랑 살래, 아빠랑 살래?

　남편과의 이혼을 결심하고도 실행하지 못하는 가장 큰
이유는 아이였다. 허나 이혼하지 않은 가정에서 사는 것만
으로 아이의 행복을 보장할 수 없다는 걸, 어린 시절 전쟁터
같은 집에서 살면서 누구보다 잘 알고 있었다. 나는 엄마가
아빠와 이혼하기를 바랐다. 불행한 결혼생활이라면 빨리 끝
내는 것이 가족 모두를 위한 최선의 방법이라고 생각했다.
그럼에도 불구하고 내 선택으로 아이가 아빠를 잃는다는 죄
책감은 계속 내 목을 조여 왔다. 아이는 클수록 아빠를 찾았
다. 아빠와 보내는 시간을 기다렸고, 아빠와 있을 때 더 즐

거워 보였다. 어쩌면 남편의 말대로 이 그림에서 빠져야 하는 건, 남편이 아니라 나일지도 몰랐다.

수도 없이 많은 날을 고민하고 고민하다 더 이상 참을 수 없다고 생각했던 어느 날, 아이에게 엄마랑 아빠가 따로 살게 되면 누구와 살겠냐는 질문을 던졌다. 아이는 조금 고민하더니 아빠를 선택했다. 내가 아닌 아빠를 고를 거라고는 꿈에도 생각하지 못했다. 아이에게 배신당했다는 생각에 터질 것 같은 분노를 느꼈다. 아무 잘못도 없는 아이에게 나의 분노와 억울함을 모두 쏟아 낼 것 같아 두 주먹을 꽉 쥐고 참았다. 아이에게 아빠와 엄마 중 한 명을 선택하도록 강요해 놓고 분노를 느끼는 사람에게 과연 엄마 자격이 있을까? 부끄러웠다. 나의 부모가 내 눈앞에 펼쳐준 지옥을 내 아이에게도 똑같이 겪도록 만드는 꼴이었다. 내 삶의 불행을 아이에게 책임지라고 말하는 무책임한 부모가 되고 싶지는 않았다.

이혼을 요구하는 나에게 남편은 그렇게 지금 상황이 싫다면 아이를 두고 나가라고 했다. 내가 아이에게 누구와 살지 선택하라고 던졌던 질문은 정말 아이를 두고 나갔을 때의 죄책감을 덜기 위한 무의식적인 행동이었을 수도 있었다. 아이는 나도 알아차리지 못한 내 마음을 알고 있던 걸까? 아이는 아마도 내가 행복해지길 바랐을 거다. 나도 엄마가 용감하게 이혼을 택하고 행복하길 바랐던 것처럼.

어린 시절부터 지금까지 계속 '가정'이라는 바다를 표류하고 있는 듯했다. 나에게 '가정'은 시작과 끝이 보이지 않는, 어떤 예측도 할 수 없는 바다와 같았다. 부모에게 갈등을 원만하게 해결하고 소통하는 방법을 배우지 못했다는 현실이 실감났다. 생각과 감정을 말로 상대방에게 표현하는 것, 화내지 않고 의견을 부드럽게 전달하는 것, 가족들에게 조건 없는 애정을 베푸는 것, 집이라는 공간을 두려움이 아닌 휴식과 재충전을 위한 안전한 곳으로 만드는 것 등을 어떻게 해야 하는지 감조차 잡을 수 없어 힘들었다.

어린 시절 엄마가 이혼하길 바랐던 이유에는 엄마가 행복하기를 바라는 마음도 있었지만, 엄마가 아빠에게서 나를 보호해 주기를 바라는 마음이 컸다. 엄마가 입버릇처럼 "너네들 때문에 이혼은 못한다."라고 말할 때마다 엄마의 불행과 감정까지 내가 책임져야 할 것 같은 무언의 압박을 느꼈다. '불쌍한 엄마 편'에 섰던 나에게 아빠는 언제나 적이었다. 상황을 객관적으로 볼 수 있는 충분한 정보도, 또 이성적인 눈도 갖지 못하는 아이는 부모와의 삼각관계 속에서 정서적으로 불안에 떨 수밖에 없다.

이런 불안함과 죄책감을 내 아이에게만큼은 물려주고 싶지 않았다. 이혼이라는 선택을 해서라도 지옥 같은 상황을 끝내고 싶었다. 남편과의 관계가 너무 힘들어 울고 있는 나에게 아이는 작은 입술로 말했다.

"엄마, 가족은 나사 같은 거야. 하나라도 빠지면 안 돼."

나보다 더 용감했던 아이는 도망치는 것이 아니라, 내 안의 상처를 들여다보고 치유하기를 선택하라고, 스스로를 책임지는 강한 어른이 되라고 나에게 용기를 주었다. 아이를 방패막이로 삼아 서로를 공격하는 이 전쟁을 멈춰야 했다. 이 싸움에서 가장 큰 상처를 입는 건 다름 아닌 아이였기 때문이다.

아이는 내 안의 슬픔을 비추고 나를 위로해 주었다. 나를 토닥이며 변함없는 사랑을 주는 아이에게 언제까지 나의 무거운 짐을 대신 들게 할 수는 없었다. 내 짐은 내가 들어야 했다. 아이에게 짐이 아닌 힘이 되는 사람이 되고 싶었다. 스스로의 삶을 책임지는 사람이 되고 싶었다. 그러기 위해서 더 강해져야 했고, 조금 더 나은 내가 되어야 했다.

2

마음을 다스려도 변하지 않는 것

마음 다스리는 법을 배워야겠다고 생각했다. 0.1초 만에 나오는 부정적인 자동 반응을 멈추고 싶었다. 감정적으로 휘몰아치는 사람이 아니라 언제나 평온하고 온화한 사람이길 원했다. 지인의 추천으로 108배를 시작했다. '미안합니다. 용서하세요.'라는 문장을 읊조리며 남편을 미워하고 원망하는 마음을 다스리려 애썼다.

거실에서 무선 이어폰을 귀에 꽂은 채 108배 가이드 영상을 들으며 절을 하고 있을 때였다. 아이가 내 뒤에 있는 냉장고 문을 열고 서 있다는 것을 모른 채 몸을 일으키다 냉장고 문손잡이에 엉덩이뼈가 세게 부딪혔다. 그 짧은 순간, 깊은 곳에서 참을 수 없는 분노가 올라왔다. 108배를 하다 말고 아이에게 왜 이렇게 조심성이 없냐고 소리를 질렀다. 마음을 다스린다면서 예전과 똑같이 아이에게 자동 반응을 하는 스스로가 우스워 자괴감이 밀려왔다.

동시에 남편을 비난하는 마음도 함께 올라왔다. 퇴근하고 집에 돌아오면 아이와 시간을 좀 보내야 나도 하고 싶은 일을 하지, 방에 틀어박혀서 나오지도 않으면 애는 나 혼자 보라는 건가 싶어 화가 났다. '용서하세요.'라고 읊조리며 아무리 몸을 바닥으로 낮춰도 마음까지 한번에 변하는 건 아니었다. 매일 108배를 하면서도 여전히 아이에게 분노를 쏟아 내고 남편을 비난하는 내 진짜 모습을 누가 안다면 얼마나 비웃을지 부끄럽고 창피했다.

108배를 다 채우려면 아직 한참 남았는데 절을 마저 할 마음이 생기지 않았다. 절을 하는 도중에도 자동 반응이 바로 나오는데, 이게 무슨 소용인가 회의감이 들었다. 그래도 마음을 겨우 다잡아 108배를 마쳤다. 샤워를 하면서 '처음부터 모든 게 완벽할 수 없지. 누구나 처음부터 잘할 수는 없는 거야. 조급해하지 말자. 천천히, 천천히…'라며 내 마음을 다독였다. 샤워를 마치고 나와 아이에게 사과했다.

"은성아, 네 잘못이 아니야. 엄마가 몸이 아프면 엄마도 모르게 너무 화가 나. 정말 미안해. 다시는 안 그럴게."

아이는 보일 듯 말듯 고개를 끄덕였다. 이제 와 아이에게 사과를 한다고 해도 죄책감이 줄어들지는 않았다. 오히려 다시는 그러지 않겠다는, 언제나 똑같은 다짐을 앵무새처럼 반복해서 말하고 있는 내가 너무 미웠다. 말에 책임지지 못하는 약한 의지력도, 두 얼굴을 가진 나의 이중성도 받아들이기 어려웠다. 혼내지 않을 수도 있었는데, 혼을 내더라도 표독스러운 표정과 말투로 아이에게 죄책감을 심어 주지 않아도 됐는데, 별것 아닌 일로 아이에게 그렇게까지 할 필요가 없었는데. 자책이 밀려왔다. 아이의 주눅 든 얼굴을 보며 나를 더 세게 채찍질했다. 이런 나를 진짜 사랑해도 될까? 이렇게 부족한 나로도 괜찮을까? 가장 가까운 사람들에게 지울 수 없는 큰 상처를 주는 내가 정말 존재할 가치가 있는 사람일까? 아무리 뉘우치고 사과를 해도 이미 그들에게 상처를 준 후인데 그게 무슨 소용이 있을까?

더 이상 아이와 남편에게 상처 주고 싶지 않았다. 사랑 넘치는 다정한 엄마이자 아내이고 싶었다. 그러기 위해서는 여전히 부족하지만 애쓰고 있는 스스로를 칭찬해 주는 수밖에 없었다. 처음부터 잘하는 사람은 없다고, 누구나 실수하고 그 실수를 통해 배우는 거라고, 시행착오를 두려워하면 아무것도 할 수 없다고 나에게 수도 없이 반복해서 말했다. 그래도 예전보다 아주 조금씩 나아지고 있다고, 습관적으로 반응하기 전에 알아차렸다면, 그래서 한 번이라도 상황에 의식적으로 대처했다면 정말 대견하고 자랑스럽다며 스스로 격려했다. 이렇게 나를 다독거리고 나면 자괴감과 죄책감이라는 늪에서 벗어날 수 있었다.

아이와 영화를 보다가 엉엉 울어 버린 적이 있다. 〈마이 펫의 이중생활〉이라는 유쾌한 애니메이션 영화였는데, 거기서 기젯이라는 강아지가 자신을 잡아먹으려고 했던 독수리에게 이런 말을 한다.

"누구나 두 번째 기회를 가질 자격이 있다고 생각해. 한 번 더 기회를 줄게."

염치없고 뻔뻔한 내 행동으로 눈앞에 펼쳐진 상황이 비록 최악이 되었을지라도 그렇게밖에 할 수 없던 나를 이해하고 안아 줘야 했다. 눈앞의 상황에 주저앉아 나를 비난하고 죄책감에 빠져 있다고 달라지는 것은 없다. 내가 집중해야 하는 건 내 안에서 습관적으로 반응하게 만드는 과거의 상처를 들여다보고 안아 주는 일이었다. 기젯이 자신을 잡아먹으려 했던 독수리에게 두 번째 기회를 준 것처럼, 나 자신을 믿고 더 나아질 수 있는 두 번째 기회를 주어야 했다.

다정한 사람이 되고 싶다면 계속 연습해야 한다. 그리고 그 과정에서 수도 없이 많은 실수와 실패가 있을 것이라는 사실을 받아들여야 한다. 어렵지만 나를 용서하고 사랑해 주는 것. 그게 다정해질 수 있는 유일한 방법이었다.

3

가장 증오하는 사람은 나였다

'가족 세우기'라는 치유 워크숍에 참여한 적이 있다. 가
족 세우기는 독일의 심리학자 버트 헬링거 박사가 창시한
심리 치료법이다. 의뢰인이 가진 구체적인 문제나 가족 내
사건을 미리 이야기하지 않은 상태로 참여자들은 의뢰인의
가족 중 한 명(대리인)이 되어 워크숍에 참여한다. 이 과정에
서 대리인들은 의뢰인의 가족 안에 존재하는 '앎의 장'에 들
어가게 되고, 이렇게 앎의 장에 들어간 대리인들은 사전 정
보가 전혀 없는 상황에서도 실제 가족 구성원의 감정과 충
동 등을 그대로 느끼게 된다고 한다.

워크숍 진행자는 나, 남편, 아이의 역할을 할 사람 세 명을 선택해 내 앞에 차례대로 세웠다. 나는 참여자 한 명 한 명의 손을 잡고 내가 그들에게 하고 싶은 말을 했다. 내 역할을 맡은 대리인의 손을 잡고 눈을 바라보았다.

"그런 눈으로 보지 마. 네가 다 잘못한 거야."

나를 바라보는 뻔뻔한 두 눈을 마주하자 나도 모르게 말이 튀어나왔다. 코로나19 여파로 모두가 마스크를 끼고 있었기에 우리는 서로의 눈만 볼 수 있었다. 대리인의 눈에는 애처로움과 슬픔이 가득했다. 그런데 나는 그 눈을 보면서 그게 너무 뻔뻔하다고 생각했다. 급기야 화가 치밀기 시작했다. 나를 도저히 용서할 수가 없었다. 내가 아무리 커다란 슬픔과 고통 속에서 허우적거리고 있다고 해도, 모두 내 과거 행동에 대한 당연한 대가라고 느껴졌다. 나에게 더 가혹한 벌을 주어야 마땅했다. 두 번째 기회를 가질 자격도, 위로받을 가치도 없었다. 그냥 이 세상에서 사라져 버리고 싶었다.

나, 남편, 아이의 대리인과 차례로 눈을 맞춘 후, 그들이 있어야 할 자리라고 생각하는 곳에 그들을 세웠다. 남편은 공간의 왼쪽 끝에 세웠고, 나는 그 반대쪽인 오른쪽 끝에 세웠다. 아이는 나와 조금 더 가까운 곳에 세워 두었고, 아이가 나를 바라보도록, 남편과는 등지고 서도록 방향을 정했다. 남편의 대리인은 멀리서 아이의 등과 나를 바라보고 서 있었고, 나의 대리인은 아이를 바라보고 있었다.

가족 세우기가 진행되는 동안 여러 가지 역동을 느꼈지만, 세션이 끝난 후에도 강하게 남은 것은 나의 대리인을 처음 바라봤을 때 느꼈던 슬픔과 애처로움이었고, 그런 감정을 차갑게 비웃던 비난의 목소리였다. 가족 세우기 워크숍에 참여하기 전까지 모든 문제의 시작은 남편이라고 믿었다. 남편만 없다면, 혹은 남편이 변한다면 모든 상황은 좋아질 것이라고 확신하며 남편을 증오하고 있었다. 그런데 워크숍이 끝난 후 알게 된 진실은, 나의 미움과 증오의 대상은 남편이 아닌 나 자신이라는 것이었다. 나는 내가 모든 것을 망쳤다고 생각하며 스스로 벌을 주고 있었다. 자기혐오와 나를 향한 자기 파괴적인 생각들은 몹시 잔인했다.

나의 의식은 나를 이렇게 만든 아빠를 증오했고, 상황을 이렇게 몰아가는 남편을 미워했지만, 무의식 차원에서 내가 가장 증오하던 건 바로 나 자신이었다. 아무리 내 잘못이 아니라고 나를 다독이며 위로해도 무의식에 각인된 자기혐오와 나를 향한 불신은 사라지지 않았다.

　　내 안에는 극심한 슬픔을 느끼는 나와 그런 나를 혐오하는 내가 함께 있었다. 두 개의 존재가 동시에 목소리를 낼 때, 그 모순이 무척 혼란스러웠다. 시간이 지나면서 혐오는 슬픔을 눌렀고, 내 안은 나를 비난하고 채찍질하는 목소리로 가득 찼다. 가족 세우기 워크숍을 통해 나를 혐오하고 증오하는 목소리로는 상처를 치유할 수 없다는 걸 깨달았다. 나를 혐오하는 목소리의 볼륨을 줄이고, 다정하고 사려 깊은 보호자의 목소리를 키워야 했다. 그렇게 슬픔에 빠진 나를 안아 줄 때 비로소 나를 올바른 길로 이끌 수 있었다. 진정한 변화의 힘을 얻어 절망과 상처에서 벗어날 수 있는 길은 오직 내 안의 '슬픈 나'를 안아 주는 방법뿐이었다.

　　넘어져서 울고 있는 아이에게 가장 먼저 해 줄 일은,

"조심하라고 그랬잖아.", "뚝 그쳐."라는 말이 아니다. 달려가 아이의 고통에 공감하는 것이다. 따뜻한 위로에 아이가 울음을 그치면 어디가 어떻게 아픈지 이야기할 수 있도록 기다려 주고, 그 말을 경청하며 상처를 치료해 주고 아이에게 지속적인 관심과 돌봄을 베푸는 것. 나에게도, 나의 내면 아이에게도 그런 자비로운 자기연민이 필요했다.

내면 아이의 마음을 열 수 없다면, 그 아이를 올바른 길로 이끌 수도 없다. 아이를 잘 양육하기 위해서는 마음과 마음의 연결이 먼저다. 내면 아이를 성장시키려면, 아이의 상처를 먼저 돌보는 일부터 시작해야 한다. 모든 치유는 내가 있는 그대로의 나를 인정하고 수용할 때 일어났다. 나를 미워하고 혐오하는 마음은 아무것도 변화시키지 못한다. 상처받은 내면 아이의 마음을 열 수 있는 첫 번째 열쇠는 '자기연민'이라는 것을 기억하자.

4
고통이 크면 곁에 있는 사람은 투명 인간이 된다

민원인에게 심한 욕설을 들은 날 중 하나였다. 젊은 남자 민원인은 절차가 복잡하다며 낮은 목소리로 욕을 중얼거렸다. "지금 뭐라고 하셨어요?"라고 되묻자, 민원인은 더 큰 목소리로 나에게 욕을 했고 일은 더 커졌다. 옆에 앉아 있던 선배는 씩씩거리는 나를 직원 휴게실로 데리고 갔다. 선배가 등을 토닥이자 분노 뒤에 숨겨진 두려움이 느껴졌다. 벽에 걸린 거울에 비친 내 손이 덜덜 떨리고 있었다. 떨리는 손을 보자 그제야 눈물이 흘렀다.

"우리 아버지는 여전히 태양이야. 나이가 팔십이 넘었는데… 식구들은 평생 태양 주위를 도는 행성이지."

그날 점심을 먹으며 선배가 말했다. 선배의 집도 우리 집과 크게 다르지 않았다. 폭군인 아버지, 그런 아버지를 두려워하는 나머지 가족들. 선배의 가족들은 아버지의 심기를 건드리지 않기 위해 조심했다. 아버지라는 태양의 질서에 맞춰 움직이지 않으면 엄청난 비난과 폭력이 돌아왔다. 선배가 공무원이 된 것도 아버지가 그린 그림대로 살아온 결과였다.

나 역시 집에서 도망치기 위해 공무원 시험을 준비했다. 지긋지긋한 집구석에서 하루라도 빨리 벗어나고 싶었다. 대학생이 된 후에도 아빠는 통금으로 나의 자유를 제한했다. 외박이나 친구들과의 여행은 상상도 하지 못했다. 안된다는 엄마의 말을 어기고 갔던 대학 첫 MT 날 저녁, 나는 나를 데리러 온 부모님과 함께 집으로 돌아가야 했다. 파트타임으로 일할 때 팀 회식이 있어 새벽 늦게 집에 들어간 적이 있었다. 거실에 환하게 불을 켜고 새벽 4시까지 나를 기다리던 엄마는 내가 집에 들어오자 조용히 방으로 들어가 아빠를 깨웠다. 나는 그날, 아빠가 미리 준비한 나무 각목으로 엉덩이가 터지도록 맞았다.

나의 모든 행동과 기준은 아빠에게 맞춰져 있었다. 엄마도 그저 아빠라는 태양계를 도는 행성에 불과했다. 태양계를 벗어날 방법이 없는 건 아니지만, 그랬다간 드넓은 우주를 떠도는 우주 미아 신세가 될지도 몰랐다. 그 무거운 두려움이 나도, 엄마도 아빠라는 태양계에 머물도록 만들었다. 내가 원하는 것이 무엇인지, 하고 싶은 것은 무엇인지 알 수 없었다. 그렇게 점점 '나'를 잃어 갔다.

언제 깨질지 모르는 살얼음판을 걷는 것처럼 두려움에 떨며 하루하루를 살았고, 그게 얼마나 지옥 같은지 잘 알았다. 그래서 나는 안전하고 따뜻한 가정을 만들 수 있으리라 믿었다. 그러나 나는 내가 배운 방식을, 내 몸에 각인된 그 방식을 무의식적으로 반복하고 있었다. 무대 장치와 등장인물이 바뀌었을 뿐, 상영되는 영화의 내용은 똑같았다. 나는 행성에서 태양으로 배역을 바꿔 새로운 연극의 주인공이 되었다.

내가 꾸린 가정에서는 내가 태양이었고, 남편과 아이는 나를 중심으로 도는 행성이었다. 남편과 아이는 내가 언제 갑자기 화를 내고 분노를 토해 낼지 몰라 살얼음판을 걷듯 두려움에 떨었다. 아이는 천진난만하게 장난을 치다 가도 내가 화를 내면 순식간에 얼어붙었다. 잔뜩 긴장한 아이가 횡설수설하며 맥락에 전혀 맞지 않는 이야기를 하면 말꼬투리를 잡아 더 화를 냈다. 내가 그토록 증오하던 아빠와 똑같은 괴물이 되어 아이 앞에 서 있는 나를 발견했다. 아이는 화내는 내가 너무 무서워 울지도 못했다. 내가 이성을 찾은 후, 아이를 안고 한참을 달래야 아이는 뒤늦게 긴장을 풀고 울음을 터뜨리곤 했다.

　　나는 죽어도 이 굴레에서 벗어날 수 없다고, 아빠랑 다를 바가 없다며 자기혐오와 비난의 말로 내 마음에 상처를 냈다. 뿌리에 대한 증오와 여기서 벗어나지 못할 거라는 생각에 내가 죽도록 싫었다. 아이를 제압하는 힘에 쾌감을 느끼는 날도 있었다. 아빠 앞에서 무력했던 내가, 아이 앞에서 아빠처럼 강한 사람이 되었다는 사실에 만족하고 있었다. 마치 분열된 두 개의 인격을 가진 사람 같았다.

아이에게 또 분노의 폭탄을 던지던 어느 날, 아이의 눈 속에서 공포에 떨고 있는 어린 나를 보았다. 아빠의 폭력에 무력하게 얼어붙은 나의 내면 아이가 내 아이의 눈동자 안에 서 있었다. 내 안에는 여전히 아빠의 폭력에 덜덜 떨고 있는 어린아이가 있었다. 나도 모르게 왈칵 눈물이 났다. 지금까지는 폭력의 가해자인 아빠와 나를 동일시했다면, 이번에는 폭력의 피해자인 아이와 내가 같은 상황이라는 걸 알아차린 것이다.

나의 내면 아이를 바라봤다. 무서웠지, 때리지 말라고, 하지 말라고 말도 못할 만큼 무서웠지. 아무 말도, 소리도 못 내고 맞고만 있었지. 얼마나 무서웠을까. 두려움에 떨고 있는 내면 아이에게 말을 건넸다. 너무 늦게 와서 미안하다고, 상처를 이제야 들여다봐서 미안하다고 사과했다. 나는 그렇게 내면 아이의 상처를 보살피기 시작했다.

"여보, 제발 화 좀 내지 마. 너무 긴장돼서 심장이 아파."

남편이 아이를 혼내고 차갑게 얼어 있는 내게 조심스럽

게 말했다. 내가 아이를 혼낼 때마다 얼어붙은 건 아이만이 아니었다. 그 옆에서 독설이 섞인 말을 듣는 남편도 극도로 긴장하고 있었다. 내 고통이 너무 커서 아이와 남편의 고통을 느끼지 못했다. 나는 마치 그들이 아무런 고통도 느낄 수 없는 투명 인간인 것처럼 그들을 대했고, 그들이 받는 고통을 인정하지 않았다. 그저 너희들은 나의 고통을 모른다고, 절대 이해할 수 없다고 그들을 비난하고 절규할 뿐이었다. 그런 분리감은 나를 가족들과 더 멀어지게 만들 뿐이었다.

내가 상처받은 내면 아이의 고통을 알아보고 인정하자 처음으로 나만큼 고통스러운 타인의 아픔도 느낄 수 있었다. 이제는 나만의 고통 속에서 빠져나올 시간이었다.

5

접시가 깨진 그날, 상처가 치유되었다

쨍그랑, 소리를 내며 접시가 깨졌다. 남편이 식탁 위에
있던 커다란 접시를 던졌고, 그 접시는 내 옆을 스치며 싱크
대에 부딪혀 산산조각이 났다. 순식간에 벌어진 일이었다.
나는 벌벌 떨리는 손으로 핸드폰을 들고 사진을 찍었다. 눈
앞의 현실을 믿을 수가 없었다.

"더 이상 하면 경찰 부를 거야."

내 말에 남편은 대답하지 않았다. 그저 묵묵히 깨진 접

시 파편들을 주워 담았다. 방금 물건을 던진 사람이라고는 믿기 힘들 만큼 침착한 모습이었다. 남편은 차가운 목소리로 "당신하고는 더 이상 대화가 안 돼. 장인, 장모님께 말씀드리자."라고 말했다. 지금까지 이혼 이야기를 할 때마다 회피하던 남편이었다. 그런 남편이 드디어 문제를 수면 위로 올렸다. 이제 공은 내 손을 떠났다. 내가 던지는 공을 계속 피하기만 하던 남편이 드디어 공을 받았다. 공은 어느 쪽으로든 굴러갈 것이었다.

　나는 이미 엄마에게 남편과의 문제를 이야기했었다. 그럴 때마다 엄마는 자신이 가정을 지키기 위해 했던 방식대로 문제를 수면 아래 적당히 숨겨 두면 시간이 해결해 줄 것이라고 말했다. 그런 삶이 '행복'과는 거리가 멀지만, 그래도 어떻게든 살아진다는 것을 엄마는 알고 있었기 때문이리라. 남편은 부모님 앞에서 그동안 우리에게 있던 일을 이야기했다. 모든 문제가 드러난 상황이 불편한지 엄마는 안절부절못하는 모습이었다. 오히려 침착하게 남편의 이야기를 듣던 아빠가 나에게 물었다.

"그래서, 너는 어떻게 하고 싶은데?"

　나는 아빠 앞에 서면 언제나 목이 꽉 막힌 듯 답답했다. 처음에는 공포와 두려움에, 그다음에는 억울함과 서러움 때문에 눈물이 차올랐다. 입을 떼려는 시도만 해도 목구멍이 꽉 막히고 눈물이 나와 마흔이 넘도록 아빠에게 제대로 된 말 한마디를 해 본 적이 없었다. 그런데 우습게도, 이제는 나의 안전을 위협하는 대상이 아빠에서 남편으로 바뀌었다. 처음으로 위험하지 않은 대상이 된 아빠에게 꾸역꾸역 나의 상황을 뱉어냈다. 남편과 나의 이야기를 다 들은 아빠는 남편에게 이야기했다.

　"자네가 하는 생각들은 시대에 너무 뒤처졌어. 나는 우리 딸이 공무원을 그만뒀을 때, 그냥 집에 있으려고 그랬다는 생각은 한 번도 안 했네. 더 큰 일을 하기 위해서 그만둔 거라고 생각했지. 그런데 자네가 우리 딸을 집에만 있게 하는 건 시대착오적인 생각이야."

　그때 나는 과거의 상처를 치유하기 위해 책을 읽고, 이런저런 교육을 받고 있었다. 그 과정에서 조금씩 상처를 치유하고 있었고, 내 경험을 바탕으로 나와 비슷한 상처를 가진 사람들을 돕고 싶었다. 남편은 내가 외부에서 오랜 시간을 보내는 것을 못마땅해했다. 나중에 돈을 벌 수 있을지 불투명한 일에 자꾸 돈을 쓴다며 불만이 많았다. 그런데 아빠가 내 편을 들어준 것이다. 심지어 아빠의 입에서 나온 말들은 내가 평소 하던 생각과 똑같았다. 아빠와 내가 같은 생각을 할 수도 있다는 사실이 놀라웠다. 그 후로 어떻게 대화가 마무리되었는지는 잘 기억나지 않는다. 한참 동안 남편과 부모님 사이에서 이야기가 오고 가는 동안 나는 관객처럼 앉아 있던 기억만 남아 있다.

그날 남편은 속에 있던 이야기를 밖으로 꺼냈다는 것 자체로 마음에 여유 공간이 조금은 생긴 듯했다. 끓는 냄비의 뚜껑을 열면 가득 찬 수증기가 날아가는 것처럼 각자의 감정과 생각을 표현했다는 것만으로 남편과 나 사이의 긴장이 미약하게나마 풀렸다.

한편, 나는 아빠에게 처음으로 내 의견을 전달할 수 있었다는 것과 아빠가 나를 변호해 준 경험으로 가슴이 벅찼다. 그 후로 그날의 일을 글로 쓰고 지인들에게 말로 전하면서 여러 번 곱씹었다. 아빠의 질문이, 아빠의 지지가 나에게 어떤 영향을 미쳤는지 정확하게 알 수는 없다. 다만 확실한 것은 내 안에 가득 차 있던 억울함과 두려움이 빠져나갈 출구가 아주 작게 생겼다는 것이다. 나를 믿어 주고 보호해 주는 든든한 사람이 있다는 사실이 버림받았다는 오래된 고통에서 나를 구원했다.

내가 세상에 혼자 남겨진 것 같은 지독한 외로움을 느꼈던 건, 나 자신을 희생자로 여겼기 때문이었다. 희생자인 나는 나를 사랑할 힘도, 능력도 없었다. 그렇기에 타인에게 사랑을 받아 외로움에서 벗어나려 했다. 그러나 남편이 아무리 나에게 사랑을 주고 나의 욕구를 채워 주려 노력해도 나는 만족하지 못했다. 어린아이처럼 더 많은 것을 요구했고, 남편의 일방적인 희생을 강요했다.

이제는 희생자가 아닌 내 삶을 책임지는 사람이 되어야 했다. 내 안의 가장 어두운 곳에 존재하는 나의 억압된 기억과 감정들을 마주해야 했다. 나의 적은 더 이상 과거의 아빠도 지금의 남편도 아니었다. 나는 나에게 있다고 인정할 수 없는 나의 모습들을 타인에게 투사하며 그들을 비난하고 있었다. 사실 내가 비난했던 그들의 모습은 내 안에 존재하는 나의 그림자였다. 그들은 투명한 거울처럼 나의 모습을 비춘 것뿐이었다. 그들을 향해 던졌던 돌을 내려놓고, 거울 속의 내 모습을 가만히 들여다보았다.

6

나의 그림자를 비추는 당신에게

부부 상담을 마친 후, 오랜만에 남편과 둘이 저녁을 먹고 집으로 돌아가는 차 안이었다. 가벼운 대화부터 시작해 보라는 상담사의 조언에 따라 나는 남편에게 '가벼운' 질문을 던졌다.

"여보는 소원이 뭐야?"
"나? 로또 당첨되는 거?"
"로또 당첨되면 뭐 하고 싶어?"
"일단 집도 사고, 차도 좋은 걸로 사고, 장인, 장모님 용

돈도 드리고, 우리 부모님도 드리고. 뭐 그런 거지."

"다른 사람한테 해 주는 거 말고는 뭐 하고 싶은데?"

"나? 나는 요리사 집으로 불러서 맛있는 거 먹고 사람들 만나서 놀고, 백화점 가서 쇼핑도 하고."

"그런 건 사는 거잖아. 소비하는 거 말고 여보가 진짜 '하고' 싶은 거 말이야."

'가벼운' 질문으로 시작한 대화는 다시 남편이 가장 싫어하는 '무거운' 대화가 되었다. 나는 남편에게 돈과 시간이 충분하다면 하고 싶은 것이 무엇인지 생각하게 만들고 싶었다. 남편이 그 '무엇'만 찾는다면, 열심히 그리고 즐겁게 살수 있을 거라고 믿었다. 당시 내 눈에 비친 남편은 미래를 계획하지 않고 시간을 허투루 쓰는 한심한 사람이었다.

"또 시작이네! 왜 자꾸 미래를 계획하라고 해! 너나 해! 난 하루하루 버티기도 버겁다고!"

화가 난 남편은 소리를 빽 지르고는 입을 다물어 버렸다. 꼭 닫힌 조개처럼 남편의 입은 다시 벌어지지 않았다.

남편과 나의 대화는 대부분 이런 식이었다. 삶에 관한 진지한 대화가 하고 싶은 나의 말들이 남편에게는 회피하고 싶은 머리 아픈 대화였다.

남편은 상담사에게도 평소에 나와 무슨 대화를 해야 할지 잘 모르겠다고 말했다. 남편은 유튜브나 넷플릭스 보며 시간을 보내는 걸 좋아했고, 나는 책 읽는 걸 좋아했다. 남편은 게임을 즐겨 했고, 나는 게임을 깔아 본 적이 없다. 어쩌다 남편이 나에게 먼저 말을 걸면 나는 시답잖은 이야기에 시간을 낭비하고 싶지 않아 남편의 말을 잘라 버렸다. 또 내가 남편에게 말을 붙이면 남편은 설교에 가까운 충고와 조언에 질려 도망가 버렸다.

남편과 소통이 단절된 건 내 탓이었다. 물속 깊은 곳까지 들어가려면 얕은 곳에서부터 시작하는 게 맞다. 남편과 깊은 대화가 나누고 싶었다면 나에게 별것 아닌 이야기라해도 남편의 이야기에 먼저 귀 기울여야 했다. 남편이 미워하는 사람에 대한 욕이든, 가벼운 가십거리든 남편이 신나게 말할 시간을 줬어야 했다. 남편이 나와의 대화가 즐겁다는 경험을 충분히 했다면 자연스럽게 더 깊은 이야기도 할 수 있었을 것이다.

소통의 기본이 '경청'이라는 것을 몰랐던 당시의 나는, 남편이 내 말을 잘 듣고 내가 원하는 모습으로 변해야 한다고 믿었다. 하루하루를 버티듯 계획도 없이 사는 남편의 모습을 보는 게 두려워 어떻게든 남편을 고치려 들었다. 남편이 스마트폰 대신 책을 보길 원했고, 게임하는 대신 아이를 데리고 나가 공놀이를 하길 바랐다. 그건 내가 꿈꾸는 이상적인 남편의 모습이었다. 나는 꿈속의 남편을 현실로 만들어 내려 살아 있는 남편의 얼굴에 시멘트를 덕지덕지 바르고 있었다. 남편은 얼마나 숨이 막혔을까.

우리는 모두 수치스러워서 도저히 자신의 모습이라고 받아들이지 못하는 부분을 가지고 있다. 부모에게 인정받기 위해, 또래 집단에 소속되기 위해, 사회적으로 성공하기 위해 우리는 내면의 일부를 숨기거나 조금씩 왜곡한다. 심리학에서는 우리가 가진 어두운 측면을 '그림자'라고 부른다. 사회적으로 받아들여지지 않거나, 혹은 내가 사람들에게 절대 보여 주고 싶지 않은 모습을 그림자라는 비밀 장소에 숨

기는 것이다. 그림자가 커질수록, 즉 내가 아니라고 부정해
온 나의 부분이 많아질수록 그림자는 힘이 세진다. 그래서
우리는 더 깊은 어둠 속으로 그림자를 꼭꼭 밀어 넣는다. 자
신도 모르게 그림자가 툭 튀어나올까 두렵기 때문이다. 그
림자를 감춰 온 시간이 길면 길어질수록 우리 그림자의 존
재를 잊게 된다. 내 안에 분명히 있지만 너무 오랫동안 잊고
있던 그림자는 '타인'이라는 거울을 통해 나타난다. 그래서
우리는 나의 그림자를 비추는 상대를 비난하며 고치려 한
다. 이를 '투사'라고 한다.

　　평생을 내가 '가치 없는 존재'라는 믿음을 가지고 살면
서 나를 증명하려 했다. 무엇을 하든 실수 없이 잘 해내야
이 세상에 존재할 수 있다고, 인정받을 수 있다고 믿었다.
언제나 계획적인 사람이 되려고 했다. 버림받을 것이라는
왜곡된 믿음이 원동력이었다. 그래서 끊임없이 스스로의 가
치를 증명하려 애쓰며 살았다. 무엇을 하든 열심히 하면서
도 즐겁거나 뿌듯하기보다는 억울하고 화가 났다. 한순간도
마음 편히 쉴 수가 없었다. 하루 종일 신에 베개프 큰거너를
들고 머리카락을 치웠고, 씻을 그릇이 생기면 바로 설거지

를 했다. 외출할 때도 가장 효율적인 이동 동선을 미리 찾아두어야 했다. 누구도 나에게 시키지 않았는데, '해야 한다'는 강박에 사로잡혀 하루 종일 씩씩거리며 살았다.

그런 나에게 남편은 게으르고 계획적이지 못한 한심하고 부족한 사람이었다. 남편은 나의 그림자를 비추는 거울이일 뿐이었는데, 나는 그 그림자를 바라보는 것이 괴로워더 완벽하게 해내려 애썼다. 나아가 남편까지 바꿔야 한다고 믿었다. 어쩌면 남편은 자신을 믿고 매 순간 최선을 다하며 충실하게 삶을 살아가고 있는 것일지도 몰랐다. 미래에대한 불안감에 지금 편하게 쉬지 못하는 것은 스스로를 믿지 못하기 때문이다. 그 후로 남편에게 못마땅한 모습을 마주할 때마다 그것이 '남편의 것'이 아니라 '내 것'일 수도 있다며 주문처럼 중얼거렸다. 내가 남편에게서 보는 모습이나의 그림자라면 남편에게 잔소리할 것이 아니라, 내가 외면하고 있는 나의 일부를 들여다봐야 했다.

모든 문제의 열쇠는 내 안에 있었다. 남편을 바꾸려고할 게 아니라, 나를 변화시켜야 했다.

7

남편은 지금 어떤 기분일까?

지인의 집들이 날, 평소 친하게 지내던 사람들과 오랜만에 만나 맛있는 음식을 먹으며 즐거운 시간을 보냈다. 간만에 아이 없이 혼자 한 외출이라 즐거움은 두 배였다. 한참 대화를 나누던 중, 한 지인이 나에게 물었다.

"요즘은 남편하고 어떻게 지내?"

남편과의 갈등으로 힘들 때 하소연을 하거나 조언을 구하던 지인들이기에 나올 수 있는 자연스러운 질문이었다.

나는 솔직하게 내 상황을 이야기했다.

"지금은 남편이 아니라 저에게 집중하고 있어요. 단시간에 해결될 수 있는 문제는 아닌 것 같아서요. 천천히 시간을 가지고 제가 변해야 하고, 그러려면 일단 제가 좀 행복해야겠더라고요. 그래야 오래 버틸 수 있을 것 같아요."

남편과의 갈등이 길어지면서 우리는 말은커녕 눈조차 마주치지 않고 지냈다. 집에 남편이 있는 것만으로도 숨이 막혔다. 가능한 남편과 한 공간에 있지 않으려 했다. 싸움이 될 일을 아예 만들지 않기 위한 하나의 방법이었다. 당장 웃으면서 서로를 볼 수 있는 사이가 아니기에, 최대한 동선이 겹치지 않도록 했다. 남편이 집에 있는 주말에는 내가 아이를 데리고 나갔고, 남편이 퇴근하고 돌아오면 집 근처 카페를 가거나 방에서 나오지 않았다. 그때의 나에게는 남편을 투명 인간처럼 대하는 방법이 최선이었다. 그렇게 남편에게 쓸 에너지를 아껴 내 상처와 내면 아이를 돌보는 데 집중했다. 당장 눈에 드러나는 변화는 없었지만 마법처럼 한 번에 좋아지길 기대하지 않았기에 버틸 수 있었다.

나의 대답을 들은 다른 지인이 말했다.

"지금 네 남편은 어떤 기분일까?"

남편과의 숨 막히는 상황에서 나를 버티게 하는 건 '소소한 행복'을 가져다주는 일들이었다. 좋아하는 카페에서 책을 읽으며 시간을 보내거나 나에게 도움이 되는 강연을 듣는 것, 아이와의 여행을 통해 추억을 쌓는 것과 같은 일들 말이다. 지인의 질문은 이런 방식이 잘못됐다고 비난하는 것 같았다. 내 편이라고 믿었던 사람에게조차 남편을 신경 쓰지 않는 이기적인 사람이라는 평가를 받은 것 같아 몹시 서글퍼졌다. 나는 죄책감 가득한 목소리로 겨우 "외롭겠지…"라고 대답했다.

집으로 돌아오는 차 안에서 눈물이 터졌다. 내면 치유를 위해 나에게 에너지를 쏟는다는 명분을 아무리 내세워도 남편을 배려하지 않는 내 모습이 이기적이라고 느껴질 때가 있었다. 그럴 때면 죄책감과 수치심에 힘겨웠고, 때로는 내가 하는 이 방법이 맞는지 확신이 없어 흔들렸다. 지인의 질문은 휘청거리던 나를 완전히 쓰러뜨렸다. 나는 힘겹게 빠져나왔던 죄책감의 늪에 다시 빠졌다. 외로운 남편의 마음을 헤아리지 못하는 내가 너무도 못된 사람처럼 느껴졌다. 모두가 "네 방법은 틀렸어."라고 나를 향해 손가락질하는 것 같았다.

스스로의 욕구를 당당하게 요구하지 못했던 엄마에게 배운 것은 나의 욕구, 더 나아가 '엄마'라는 사람의 욕구는 중요하지 않다는 사실이었다. 또 남편의 폭력에 용기 있게 대항하지 못한 엄마의 태도에서 배운 것은 여자의 분노는 밖으로 표출되어서는 안 된다는 것이었다. 여성은 분노 대신 슬픔을 표현하도록 배운다. 남편은 내가 눈물을 보이면 어쩔 줄 몰라 하며 달래 주었지만, 화를 내면 나를 비난하고 공격했다. 이혼하겠다고 엄마에게 말했을 때, 엄마는 나에게 '동네 창피하니 다른 데로 이사 가서 이혼하라'며 나의 수치심을 자극했다.

내가 느끼는 죄책감과 수치심의 아주 깊은 곳에는 여자이기 때문에 억눌러야 했던 욕구들, 가정을 위해 자신의 감정은 배제한 채 가족들을 돌봐야 했던 여성이라는 '뿌리'가 있었다. 이 상처는 개인적인 경험은 물론 아주 오래전부터 세대를 통해 전해진 잘못된 믿음에서 시작된 것이었다. 얼마나 많은 여성이 엄마, 아내, 며느리, 딸의 역할을 제대로 해내지 못한다고 비난받았을까. 그 비난을 내면화하며 스스로를 비난하고 더 잘해야 한다고 채찍질했을까. 여성의 수치심은 엄마가 자신의 딸에게 대물림하며 여기까지 이어져 왔다.

아빠의 폭력으로 인한 상처와 함께, 여자이기 때문에 겪은 상처도 있다는 걸 알게 되었다. 두 살 아래 남동생과 나를 비교해 보면 차이는 더 선명했다. 남동생은 고등학생 때도 친구들과 기차를 타고 여행을 다녔다. 늦은 시간 귀가하거나 외박했다는 이유로 아빠에게 맞는 일도 없었다. 자유롭게 자신이 하고 싶은 일을 했다. 어느 정도 자란 후에는 아빠의 폭력에 대항할 수 있는 힘이 있었기에 아빠가 동생에게 아무리 소리를 지르고 화를 내도 동생은 자신이 하고 싶은 말을 아빠에게 또박또박 전달했다. 그 옆에서 두려움에 떨며 눈물을 흘리던 나와는 달랐다.

물론 모든 여성이 나와 같은 경험을 가진 것은 아니다. 저마다의 가정 환경이나 성장 배경 등에 따라 다양한 역사가 있을 것이다. 그럼에도 우리 모두에게는 여성이라는 이유로 겪어야 했던 상처가 존재한다. 큰딸인 나는 태어남과 동시에 아들이 아니라는 이유로 부정당하는 경험을 했다. 그렇게 각인된 상처가 '나는 가치 없는 존재'라는 수치심이 되어 삶 전체를 지배했다. 남동생과 달리 여자라는 이유만으로 아빠의 통제 속에서 살아야 했고, 그 결과 무력하게 시들었다. 이런 상처를 뿌리 깊은 곳부터 이해하는 것은 나의 역사를 이해하는 데 큰 도움이 되었다.

나를 진정으로 사랑할 줄 알아야 타인도 사랑할 수 있기에, 언제나 내가 가장 먼저여야 한다고 생각한다. 만약 지인에게 똑같은 질문을 다시 듣는다면, 죄책감이나 수치심을 벗어던지고 당당하게 말할 것이다.

"남편은 아마 외롭겠지. 하지만 지금은 내 감정을 다스리는 법을 배우는 게 먼저라 남편의 감정까지 돌볼 여력은 없어. 나는 남편을 외롭게 하려는 게 아니라 남편을 더 잘 사랑하기 위해서 노력하고 있는 거야. 약간의 시간이 필요할 뿐이야. 나는 자신을 진정으로 사랑하고 돌볼 줄 알아야 다른 사람도 진심으로 사랑할 수 있다고 생각해."

8

나를 행복하게 하는 건 나

부모님 댁에 갔다가 앨범을 보았다. 웨딩드레스를 입은 엄마의 모습, 신혼여행 사진들, 포대기에 싸인 나를 안고 있는 부모님의 모습까지. 이전에도 몇 번 본 적이 있는 사진들인데 그날따라 유난히 엄마의 무표정한 얼굴이 눈에 들어왔다. 하얀 웨딩드레스를 입은 결혼사진에서도 갓난아기인 나를 안고 있는 사진에서도 엄마는 웃지 않았다. 활짝 웃는 얼굴을 바란 것도 아니었다. 옅은 미소만 지었어도 이렇게까지 이상한 느낌이 들지는 않았을 것이다. 엄마의 무표정한 얼굴을 보자 알 수 없이 서러워졌다. 나도 모르게 눈물이 났다. 내가 왜 평생 그토록 외로웠는지 어렴풋이 알 것 같았다. 다정한 손길의 따뜻한 촉감, 나를 보고 환하게 웃는 엄마의 얼굴이 내 기억에는 없었다. 나를 비추는 무표정한 거울이었던 엄마가 원망스럽고 미웠다.

갓난아기는 엄마와 자신을 분리해서 인식하지 못하고 엄마와 자신이 하나라고 생각한다. 엄마와의 관계에서 자신이 누구인지 알게 되고, 엄마의 반응에 따라 '나'라는 자아를 형성한다. 이제 막 세상에 나온 아기는 모든 것이 두렵다. 이때 아기는 엄마의 사랑과 돌봄을 받으며 용기를 얻는다. 아기가 웃을 때 엄마가 웃으면 아기는 자신에게 긍정적인 상을 갖는다. 반대로 웃지 않는 엄마를 계속 바라봐야 했던 아기는 두려움을 감당하기 어려웠을 것이다.

뱃속 아기의 성별을 알려 주지 않던 시절에는 임신한 배의 모양을 보고 아들과 딸을 구분했다고 한다. 엄마의 '아들 배' 덕분에 나는 태어남과 동시에 모두의 기대에 찬물을 끼얹었다. 환영받지 못했나는 무의식의 아픔과 닿치는 근원적인 외로움이 되었다. 따뜻하게 어루만지는 손길과 나를 보며 사랑스럽다는 듯 지어 주는 환한 웃음이 너무도 간절했다. 아기가 받았어야 했을 축복과 사랑을 어른이 되어서도 계속 찾아 헤매고 있었다.

나는 사진 속 무표정한 여자가 안고 있는 그 아이를 상상 속에서 꼭 안아 주었다. 아기의 예쁜 몸 여기저기를 쓰다듬고 말을 걸며 활짝 웃었다. 남자아이로 태어나지 않아 환영받지 못했던 아이에게 이 세상에 잘 왔다고 말해 주었다. 네가 여자아이라서 참 좋다고, 네가 이 세상에 오기를 오래 기다렸다고 말이다.

내가 기다렸던 엄마의 사랑을 줄 사람은 이 세상에 없다. 조건 없는 사랑을 남편에게 받으려고 기를 썼지만, 그건 부부가 서로에게 줄 수 있는 종류의 사랑이 아니었다. 부부의 사랑은 일방적이고 무조건적인 사랑이 아닌 자유롭고 책임감을 주고받는 사랑이었다. 내가 남편에게 그런 사랑을 주기 위해서는 먼저 내가 나를 온전하게 사랑해야 했다.

내가 느꼈던 지독한 외로움을 채워줄 사람은 바로 나였다. 갓난아이가 충분히 받아야 했을 따뜻한 돌봄의 손길을 하나씩 나에게 주었다. 좋아하는 향기가 나는 로션을 몸에 바르면서 내 몸을 사랑스럽게 어루만졌다. 어떤 일을 마치고 나면 잘했다고 스스로 머리를 토닥이거나 팔로 나를 안아 주기도 했다. 그리고 남편과 아이, 함께 사는 강아지와 고양이 옆에 잠시 머물며 그들의 따뜻한 체온을 느꼈다. 자주 웃으려 노력했고, 하루에 한 번은 아이와 크게 웃으며 춤을 추거나 뒹굴며 몸을 움직였다.

너무 외로워서 견딜 수 없을 때는 그저 그 외로움과 대상도 없는 그리움을 충분히 느꼈다. 차 안에서 슬픈 노래를 들으며 울기도 하고, 일기를 쓰며 외로운 마음을 마구 휘갈겨 쓰기도 했다. 내가 느낀 외로움이 단순히 타인에게 사랑을 받아 채울 수 있는 종류의 것이 아님을 알게 되었다. 그것은 내 존재 근원에서 느껴지는 외로움이었다. 그 외로움을 채울 수 있는 유일한 사람은 바로 나였다.

삶을 살아가는 매 순간, 우리는 우리의 모든 경험을 책임져야 한다. 지금 현실이 힘들다면 그건 누구의 탓이 아니라 나의 책임이었다. 타인을 고치려 하거나 타인에게 내 삶을 책임지라고 요구해서는 안 된다. 나 역시 이 사실을 마음 깊은 곳까지 받아들이는 데 오랜 시간이 걸렸다. 의존하고 싶은 어린아이의 마음이 계속 남아 있었기 때문이다. 우리는 자신의 책임을 상황이나 타인에게 돌리려 남을 비난하고 환경에 불만을 품는다. 그러나 무언가를 탓하는 방식으로는 삶이 변하지 않는다. 방법을 바꿔야 한다.

내가 아닌 그 누구도 나를 행복하게 할 수는 없다. 오직 나만이 내 행복을 책임질 수 있다는 진리를 깨달아야 한다.

9

우리는 더 이상 어린아이가 아니다

내면 치유를 위해 많은 책을 읽고, 글을 쓰고, 내면을 성찰하는 시간을 가졌지만 내 안에 있는 철부지 어린아이를 책임감 있는 어른으로 키우는 일은 생각만큼 쉽지 않았다. 자꾸만 남편을 탓하며 문제의 책임을 그에게 미루려는 내 모습이 보였다. 그럴 때마다 나는 남편의 행동에 상처받은 피해자라는 생각이 들어 억울한 마음이 쌓였고, 남편과의 관계는 악화되었다. 다른 방법이 필요했다.

지금까지 혼자서 내면의 상처를 치유하려고 했으니, 이

제는 전문가의 도움을 받아 한 단계 더 앞으로 나아갈 때가 아닌가 싶었다. 그렇게 치유전문가에게 개인 상담을 신청했다. 상담은 2시간 정도 진행되었다. 나는 상담가의 가이드에 따라 눈을 감고 트라우마의 한 장면으로 들어가는 상상을 했다.

"자, 뭐가 보여요?"

"아빠가 저에게 빠르게 다가오고 있어요. 손으로 저를 막 때리고 발로 차요. 너무 무서워요."

언제 되감아도 선명한 공포로 다가오는 그때를 떠올리는 것만으로 몸이 떨리고 눈물이 났다. 상담가는 그 장면 속에 어른인 지금의 내가 직접 들어가 상황을 바꿔 보라고 이야기했다. 그러나 어른이 된 지금도 아빠가 무섭기는 마찬가지였다. 내 힘으로는 과거의 나를 때리는 아빠를 제압할 수가 없었다. 너무 무서워서 가까이 다가갈 용기가 나지 않았다. 다른 돌파구가 필요했다.

상상 속에서 경비원들을 등장시켰다. 경비원들은 아빠를 밧줄로 꽁꽁 묶어 움직이지 못하게 했다. 그제서야 어린 나를 내 등 뒤에 안전하게 보호하고 아빠를 바라볼 수 있었다. 그동안 두려워서 하지 못했던 말들을 아빠에게 했다. 아무리 아빠라고 해도 자기 딸을 이렇게 때리면 안 된다고, 아이가 얼마나 아프겠냐고, 다시는 그러지 말라고 말이다. 아빠에게 희미하지만 작은 목소리로 미안하다는 사과도 들었다. 어린 나를 데리고 나에게 가장 안전한 공간인 내 차로 향했다. 자동차 뒷좌석에 나란히 앉아 이야기를 나누었다. 아이는 내 무릎을 베고 누워 조용히 눈물을 흘렸다. 나는 아이의 머리칼을 쓰다듬으며 아이를 위로해 주었다.

"너무 늦게 와서 미안해. 그동안 혼자서 무섭고 외로웠지. 이제 다시는 네 곁을 떠나지 않을게. 무슨 일이 있어도 내가 널 지켜 줄게."

아이에게 약속하며 스스로 다짐했다. 내 삶을 책임지는 건 나라고, 언제까지 무력한 아이의 마음으로 살 수 없다고. 나는 내 안의 상처받은 아이도 보호해야 했을 뿐만 아니라, 현실에서 나의 아이를 지켜야 힐 의무도 있었다. 언제까지 어린아이처럼 외부 환경을 탓하고 타인에게 책임을 전가하며 살 수는 없었다. 나에게는 모든 상황을 변화시킬 힘이 있었다.

내면 아이와 함께 바닷가로 드라이브를 떠났다. 그곳에서 시원한 바닷바람을 맞으며 달리기도 하고, 맛있는 아이스크림도 먹었다. 신나게 아이와 시간을 보내고 현실로 돌아왔다. 언제든 내가 필요하면 꼭 오겠다고 약속했다.

내면 아이의 상처란, 결국 우리가 어린 시절 부모에게서 받아야 했던 것들의 결핍이다. 안전한 집, 충분한 먹을거리, 부모와 즐겁고 편안한 시간은 아이가 건강하게 성장하는 데 필요한 것들이다. 이런 돌봄과 기본적인 욕구가 충족되지 않으면 그 결핍이 내면 아이에게 상처로 남는 것이다. 그렇게 상처받은 내면 아이는 우리 안에 남아 어른이 된 후에도 계속 영향을 미친다.

이제라도 그 아이에게 필요했던 것들을 제공하고, 아이를 잘 보살피고 돌보는 일이 중요하다. 모든 아이는 엄청난 잠재력과 창조성을 지니고 있다. 우리가 내면 아이와 더 친해질수록 우리는 반짝이는 생명력을 선물 받을 수 있다.

처음 내면 아이를 만났을 때, 아이는 겁에 질린 상태일 것이다. 어쩌면 모든 것을 체념하고 더 이상 행복해지려는 시도조차 하고 싶지 않아 할 수도 있다. 당신의 말에 귀 기울이지도, 당신과 눈을 마주치려고 하지도 않을 것이다. 그럼에도 다시는 절대로 너를 혼자 두지 않겠다고, 절대로 네 옆에서 떠나지 않겠다고 끊임없이 설득해야 한다. 그렇게 아이의 신뢰를 얻는 것이 먼저다.

오랫동안 버려두었던 아이에게 팔 벌려 다가간다고 해서 아이가 한번에 경계를 풀고 안길 것이라 기대해서는 안 된다. 나의 내면 아이 역시 오랜 시간을 두고 내가 정말 믿을 만한 어른인지 시험했다. 나는 끊임없이 내면 아이에게 진실된 모습을 보여 주려고 노력했다. 억지로 강한 척하거나, 위선을 진심인 척 말하지 않았다.

그 시도가 언제나 성공하는 것은 아니었다. 내면 아이는 자신에게 하는 말과 행동은 물론 내가 현실에서 마주하는 사람들에게 하는 말과 행동까지 지켜보았다. 그래서 나는 내 속마음과 타인에게 하는 말과 행동이 일치하도록 최대한 노력했다. 겉과 속이 다른 내 모습에 내면 아이가 실망

하면 사과하고 다시 시도했다. 내가 보호하고 지켜야 하는 내면 아이를 위해 내 삶을 책임지는 힘 있는 어른이 되어야 함을 기억했다.

우리는 더 이상 무력한 어린아이가 아님을 잊지 말자.

세상을 바라보는 렌즈는 모두 다르다

"지도는 영토가 아니다."

NLP(Neuro Linguistic Programming, 신경 언어학을 기반으로 적극적 사고를 돕는 기법) 코칭 교육 과정을 듣던 첫 시간, 내 귀에 쏙 들어온 문장이었다. 해당 문장은 철학자 알프레드 코르집스키가 현실과 인식의 차이를 설명하기 위해 처음 사용한 표현이다. 지도는 만든 사람이 어떤 시대 배경에서 어떤 세계관을 반영했는지에 따라 다른 모습이 되기도 한다. 지도와 마찬가지로 아이도 어떤 태도를 가진 부모에게 양육되었는지, 어떤 기질을 가지고 태어났는지에 따라 서로 다른 세계관, 인간관을 가지게 된다. 그리고 그런 자신만의 독특한 렌즈를 통해 세상을 바라보고 해석하고 받아들인다. 같은 풍경도 각자 가지고 있는 렌즈에 따라 다르게 보일 수 있어 각자의 인식은 서로 완전히 다르다.

특히 어린 시절 상처는 세상을 바라보는 렌즈를 상당히 많이 변형시킨다. 나는 갈등 상황이 언제나 고성과 폭력으로 해결되는 것을 보고 자랐기에, 서로 양보하고 타협하면서 갈등 해결하는 방법을 배우지 못했다. 내가 충분히 강하지 않다면 상대방에게 굴복당할 것이라 믿어 양보나 타협하는 태도를 비굴하고 비겁하다고 생각했다. 또한 아빠의 폭력과 억압으로 성인이 되고도 충분한 자유를 누리지 못해 타인이 나의 경계를 조금이라도 침범하는 일이 생기면 미친 듯이 화를 냈다. 자유를 지키기 위해 내가 세운 경계를 아무도 넘지 못하도록 더 높고 단단한 성벽을 쌓아야 했다.

나는 내 지도가 옳다고 믿었기에, 나와 다른 방향으로 가는 남편을 비난했다. 하지만 그건 남편과 나의 지도가 서로 달라 생긴 일이었다. 남편에게 가족이라는 지도는 서로 배려하고 때로는 자신을 희생해서라도 가족을 지키는 것이었다. 그에게는 그것이 사랑이었다. 따라서 남편은 내가 경계를 침범당할 때 분노하는 것을 이해하지 못했다. 그에게 가족이란 너와 나를 구별하는 사이가 아니기 때문이었다. 내가 나의 경계를 지키고 가족에게서 자유롭기를 바라는 모습이 남편에게는 '이기적'으로 보일 수밖에 없었다.

평일 저녁에 카페를 가거나 운동하러 나가는 것, 주말에 친구들과의 약속을 잡는 것 등을 남편에게 편하게 이야기할 수 없었다. 한 달 전부터 미리 약속을 잡고도 약속 전날까지 남편에게 말하지 못해 끙끙거렸다. 남편이 나를 이기적인 사람이라고 비난할까 두려웠고, 그런 비난에 나를 방어하려 남편과 다시 갈등을 겪을까 겁이 났다. 반면, 내가 한 달 전부터 눈치를 보며 불편해했다는 사실을 모르는 남편은 전날까지도 아무 말이 없다가 당일이 되어서야 통보하듯 말하는 내 태도가 편안할 리 없었다. 그런 남편의 반응을 이해하면서도 이기적이라는 말로 죄책감을 건드리는 남편이 원망스러웠다. 남편에게 '허락'을 받아야 외출을 할 수 있다는 생각에 비참하고 서럽기까지 했다.

　남편이 붙인 '이기적'이라는 꼬리표는 자기검열의 기준이 되어 계속 나를 괴롭혔다. 가족이 함께 보내야 하는 주말에 나 혼자 외출하는 것에 깊은 죄책감을 느끼고 있다는 걸 당시에는 몰랐다. 그저 남편의 태도가 못마땅했고 부당하기에 화가 난 것이라 생각했다. 엄마인 내가 뭔가를 원한다는 것이 이기적이고 잘못됐다는 생각이 있었고, 그런 생각이 남편에게 욕구를 말하기 어렵게 만들었다.

　예전부터 여성들은 자신의 욕구를 미루고 가족들을 위해 자신을 희생하는 것이 미덕으로 여겨졌다. 엄마나 아내, 며느리에게 요구되는 사회적인 이미지는 언제나 순종적이고 다정한 모습이었다. 이런 사회적인 분위기에서 여성이 자신이 원하는 것을 당당하게 이야기하고, 무엇보다 자신의 욕구를 우선순위로 두기란 쉽지 않다. 이런 시간이 오래 쌓이다 보면, 자신의 욕구를 무시하는 것이 더 자연스러워진다. 여성 스스로도 자신의 욕구를 소중하게 생각하지 않게 되는 것이다. 내가 나의 욕구를 하찮게 여긴다면, 그 욕구를 타인에게 인정받는 일은 불가능에 가깝다.

나는 조금 더 당당해지기로 했다. 내가 원하는 것을 원해도 된다고 스스로에게 말했다. 세상을 바라보는 렌즈가 왜곡되어 있다고 해서, 내가 원하는 것이 모두 잘못된 것은 아니다. 욕구에 좀 더 솔직해지고 그걸 이루기 위해 용기를 내기로 했다. 다만 그걸 상대방에게 어떻게 전달할지, 또 이에 대한 상대방의 반응을 올바르게 받아들이는 일에는 연습과 훈련이 필요했다. 내가 보고 해석하는 것들을 다시 검토하고 확인하려 노력했다. 자동으로 떠오르는 생각과 감정을 좀 더 음미하고 상대방의 진짜 의도를 파악하기 위해 대화하는 법을 배웠다. 나의 세계관과 인간관이 어린 시절의 상처로 왜곡되어 있다는 걸 인정하고 내가 그린 지도와 진짜 세상의 모습은 다를 수 있다는 것을 받아들였다.

성숙한 어른이라면 나의 욕구는 물론 상대의 욕구를 인정하고 모두가 만족할 수 있는 대안을 찾으려 노력해야 한다. 때로는 양보하고, 때로는 상대방의 양보를 받기도 하면서 말이다. 그런데 나는 내가 양보하거나 욕구가 왜 중요한

지 설명하고 설득하는 과정을 '비굴하다'고 오해했다. 남편이 당연히 나의 욕구를 존중해야 한다고 믿었기에 남편이 내 행동에 제약을 걸면 억울하고 화가 났다. 나의 욕구를 조금도 훼손하지 않고 충족할 수 있는 것이 당연하다고 생각했다. 그러면서 정작 나는 왜곡된 렌즈로 남편의 욕구를 무시하고 있었다.

새로운 언어를 배우는 것처럼 내가 보고 들은 것이 맞는지 여러 번 확인하려 노력했다. 남편의 말을 내가 잘 이해하고 해석했는지 그에게 다시 물었다. 아이에게도 나의 말을 어떻게 이해했는지 아이의 언어로 다시 이야기해 달라고 부탁했다. 대화의 속도는 느려졌지만, 서로를 이해할 수 있는 폭은 커졌다. 그 과정에서 서로 같은 욕구를 가지고 있으면서도 설명이 부족해 서로를 오해할 수 있다는 사실도 배웠다.

어느 주말 오후, 남편은 자신의 방에서 휴대폰을 만지작거리며 누워서 쉬고 있었고, 아이는 안방에서 책을 보며 뒹굴거리고 있었다. 나는 거실 책상에 앉아 글을 썼다. 셋이 모여 점심을 맛있게 먹고 치운 후였다. 각자의 공간에서 각자가 원하는 것을 하는 조용한 시간이 참 좋았다. 집안을 가득 채운 평화로운 공기가 나를 보호하듯 감싸고 있는 듯한 느낌에 안정감을 느꼈다.

3장

관계는 태도에서 나온다

1

네 잘못이 아니야

"여보, 은성이가 안 보여!"

다급한 목소리에 돌아보니 얼굴이 하얗게 질린 남편이
서 있었다. 평소에도 위급한 상황이면 금방 패닉이 되어 버
리는 남편이었다. 우선 남편을 진정시켰다.

"내가 이쪽으로 갈 테니까, 당신이 저쪽으로 가 봐. 이
앞에서 다시 만나자. 너무 걱정 마. 근처에 있을 거야."

주말 저녁, 대형 쇼핑몰이었다. 바글바글한 사람들 사이에서 아이를 찾는 일은 쉽지 않았다. 침착해져야 했다. 쇼핑몰은 좌우로 길게 뻗은 형태의 건물이었고 우리는 쇼핑몰 오른쪽 끝과 가까운 곳에 있었다. 남편에게 오른쪽 끝을 찾아보라 말하고 반대편 끝으로 아이를 찾으러 뛰었다. 쇼핑몰의 중간까지 샅샅이 찾아도 아이는 없었다. 아이의 평소 성격을 생각해 보면 이 이상 움직이진 않았을 것 같았다. 나는 남편이 있는 반대쪽으로 뛰어가며 침착하게 이곳저곳을 살폈다. 건물 오른쪽 끝 이벤트홀의 기둥에 기대어 서 있는 아이를 발견했다. 바짝 긴장했던 온몸에 피가 돌면서 순간 어지러웠다. 기분 좋은 현기증이었다.

아이에게 다가가려는데, 아이의 표정이 이상했다. 아이는 마치 몸에서 영혼이 빠져나간 사람처럼 멍해 보였다. 몸은 그 자리에 있지만, 마음은 거기에 없는 듯했다. 엄마와 아빠를 다시는 만날 수 없을지도 모른다는 생각으로 공포에 질린 걸까. 단숨에 아이에게 달려가 아이를 꼭 안아 주고 싶은 마음이 솟구쳤다. 밀려 가 버린 아이의 마음이 빨리 돌아오도록 아이의 몸을 마구 흔들어 깨우고 싶었다.

순간, 태국에서 아빠가 멍하니 복도에 서 있던 장면이 떠올랐다. 나를 잃어버렸다고 생각했던 아빠도 아이를 잃어버린 지금의 나처럼 많이 놀라고 당황했을 것이다. 대형 쇼핑몰이 아니라 해외였으니, 다시는 딸을 보지 못할 수도 있다는 생각에 막막하고 겁도 났을 것이다. 아빠는 그런 걱정과 애끓는 마음을 분노와 폭력으로 표현했다. 그때의 내가 겁에 질린 얼굴이었다면 상황이 조금은 달라졌을까? 아빠는 나의 편안한 표정과 경쾌한 발걸음을 보고 화가 났을지도 모른다는 생각이 들었다. 결국, 모든 건 내 잘못인 걸까?

아이에게 아주 천천히 다가갔다. 한 발 한 발 내가 걷는 속도에 맞춰 아이의 마음이 몸으로 다시 돌아올 수 있도록. 나지막하게 아이의 이름을 불렀다. 아이가 내 쪽으로 고개를 돌렸다. 아이의 표정이 조금씩 변하기 시작했다.

"놀랐지? 이제 괜찮아."

아이를 아주 천천히 그리고 조심스럽게 안아 주니 아이가 굳은 몸을 내게 기댔다. 아이의 등을 쓸어 주고 팔을 주물러 주었다. 아이의 얼어붙은 몸이 녹는 게 느껴졌다. 몇 초쯤 흘렀을까? 아이가 울음을 터뜨렸다. 안심이 됐다. 아이를 달래서 손을 잡고 남편을 찾았다. 우리를 본 남편은 긴장이 탁 풀렸는지 그 자리에 주저앉았다. 겨우 일어선 남편은 우리에게 다가오더니 아이를 번쩍 안아 올렸다. 아이는 아빠 품에 안겨 다시 한번 놀란 마음을 추스르며 아빠를 꼭 껴안았다.

나를 걱정했던 아빠도 내가 편안하고 즐거운 표정으로 돌아왔다면 그걸로 됐어야 했다. 무사히 돌아왔으니 그걸로 됐다고 그렇게 말했어야 했다. 즐거운 표정으로 돌아왔다는 게 무차별적인 폭력을 당할 이유가 되지는 않는다. 그건 내 잘못이 아니었다.

본인의 분노를 폭발시키는 사람들은 흔히 말한다. '네가' 그렇게 하지 않았다면 '내가' 이렇게까지 화낼 일은 없었을 거라고. 모든 책임이 마치 자신을 화나게 만든 상대방에게 있는 것처럼, 자신의 분노를 정당화한다. 하지만 그 말은 틀렸다. 그들이 폭발하는 이유는 해결되지 않은 그들의 상처 때문이다. 그들의 분노 아래에는 다른 사람에게 이해받지 못했던 경험과 누적된 실망, 고독, 무력감, 절망이 숨어 있다.

아예 화를 내지 말아야 한다는 것이 아니다. 분노를 표현할 때 맥락과 강도가 중요하다는 뜻이다. 아무 맥락도 없이 일방적으로 분노를 표현하는 것은 상대를 공격하는 것과 같다. 상대가 납득할 수 있도록 맥락을 설명하고 적절한 강도로 화를 표현했을 때 건설적인 해결 방법을 찾을 수 있다.

아빠와 제대로 소통해 본 적이 한 번도 없는 나에게 화는 피해야만 하는 감정 중 하나였다. 분노를 적절하게 표현하는 방법을 배우지 못해 쌓아 두었다 터뜨리는 방식으로 조절할 수밖에 없었다. 그동안 마주하기 두려웠던 감정 다루는 법을 하나씩 배워야 했다. 어린 시절 부모에게 천천히 잘 배워 두었다면 좋았겠지만, 언제까지 과거를 후회하며 부모에게 책임을 미룰 수는 없었다. 나에게는 돌봐야 할 아이가 있었고, 사랑을 주고받을 남편이 있었다. 그리고 무엇보다 행복하게 살아가야 할 소중한 내가 있었다.

치유는 나에 대한 믿음을 새로 쌓아 올리는 과정이었다. 나약한 감정을 느낀다고 나약한 인간이 되는 것은 아니라는 믿음, 부정적 감정 아래 내가 진정으로 원하는 욕구가 있다는 믿음, 마지막으로 나에게 문제가 있는 게 아니라는 믿음이 필요했다. 이런 믿음을 가지는 것은 어렵지만 시간과 노력을 투자할 만한 가치가 있다.

2
분노로 가득 찬 마음 비우기

내면 아이를 만나려면 내 안의 억압된 감정을 마주해야 했다. 나를 가장 힘들게 했던 감정은 '분노'였다. 어린 시절, 나는 언제나 하고 싶은 말을 밖으로 내뱉지 못했다. 뭔가를 설명할 틈도 없이 아빠의 폭력이 시작되었기 때문이다. 성인이 된 후에도 나를 변호해야 하는 상황이 오면 억울한 마음과 알 수 없는 두려움에 눈물부터 나와 정작 하고 싶은 말을 하지 못했다.

아빠가 두려워 표현하지 못하고 억눌러 왔던 분노는 주

체할 수 없을 만큼 컸다. 공기가 가득 찬 풍선처럼 조금만 더 바람을 넣으면 터져 버릴 것 같았다. 내면을 건강하게 만들기 위해서는 나를 찾아오는 감정을 잘 알아차리고, 내 안에서 그 감정을 소화한 후 남은 찌꺼기를 밖으로 배출해야 했다. 그런데 이미 분노로 가득 찬 마음은 부정적인 감정이 조금만 더 들어와도 폭발해 버렸다. 감정을 소화할 만한 여유 공간이 전혀 없었다. 분노를 터뜨리고 나면 꽉 차 있던 마음에 공간이 약간 생기면서 시원한 느낌이 들었다. 그러나 시원한 느낌은 잠시뿐이었고, 곧이어 후회와 수치심이 밀려왔다.

어떻게 해야 내 안에 가득 찬 분노를 건강하게 다루고 자유롭게 할 수 있을까. 풍선의 공기를 빼듯, 이미 가득 찬 감정부터 분출해야겠다고 생각했다. 책에서 나무나 타이어를 미워하는 사람이라고 상상하고 내리치면 분노가 풀린다는 말을 읽었지만, 막상 실천하려니 용기가 나지 않았다.

어느 날, 또다시 니의 분노를 아이에게 쏟아내고 죄책감과 수치심에 괴로워할 때였다. 이대로는 도저히 안 되겠다는 생각이 들었다. 언제까지 아이에게 고통을 줄 수는 없었다. 어린 시절의 나처럼, 아이의 마음에도 상처가 쌓이고 있었다. 최대한 빨리 과거의 상처를 치유해야 했다.

차를 몰고 동네에 있는 산에 갔다. 늦은 저녁이었지만, 여름이라 아직 해가 남아 있었다. 인적이 드문 깊은 산 속에 도착해 길고 단단한 나뭇가지를 찾았다. 그 나뭇가지를 야구방망이처럼 손에 쥐고 눈앞에 보이는 나무를 아빠라고 생각하고 힘껏 내리쳤다. 단단한 나무를 때리자 손으로 전달되는 느낌이 이상했다. 그 순간 내가 지금까지 누구와 몸싸움을 해 본 적이 없다는 걸 알아차렸다. 무언가를 때릴 때 같은 크기의 충격이 내 몸에도 전해진다는 걸 처음 알았다. 손에 쥔 나뭇가지가 부러져 날아갈 때까지 나무를, 아빠를 실컷 두드려 팼다. 나도 모르게 입에서 말이 터져 나왔다.

"어떻게 그럴 수가 있어! 당신이 그러고도 사람이야! 당신은 인간도 아니야. 때리지 마, 때리지 말라고!"

수십 년 동안 한 번도 뱉지 못한 말이었다. 얼마나 무섭고 두려웠으면 때리지 말라는 그 말조차도 입 밖으로 내지 못했을까? 생각해 보면 나는 아프다고 소리를 지르지도 못했다. 아빠에게 맞을 때 내가 할 수 있던 유일한 방어는 몸을 숙이고 두 팔을 올려 얼굴을 막는 것뿐이었다.

산에 가는 것이 힘든 상황에는 자동차 안에서 분노와 만났다. 조용한 공터나 사람이 없는 도로변에 차를 대고 실컷 소리를 지르고 울었다. 영화 〈물랑 루즈〉의 OST 〈Come What May〉가 나의 눈물 버튼이었다. 어떤 일이 있어도 오직 당신만을 영원히 사랑하겠다는 가사가 나에게는 부모의 무조건적 사랑을 표현한 것처럼 느껴졌다.

그런 사랑을 부모에게 받고 싶었고, 또 나의 아이에게 주고 싶었다. "Suddenly my life doesn't seem such a waste."라는 가사를 들으면, 그동안 스스로를 가치 없는 존재로 여겼던 순간들이 파노라마처럼 머릿속에 펼쳐졌다. 만약 내가 부모에게 따뜻한 사랑과 돌봄을 받았더라면, 적어도 폭력 없는 안전한 가정에서 살 수 있었더라면 이렇게 힘들고 괴로운 삶을 살고 있지 않을 것 같았다. 나는 그 노래를 들을 때마다 분노와 억울함, 깊은 외로움을 느꼈다.

남편과 심하게 말다툼했던 어느 날 저녁, 자동차 키를 챙겨 밖으로 나왔다. '말해 봐야 어차피 나를 이해하지 못할 것'이라는 고립감과 '역시 나를 소중하게 생각하는 사람은 없다'는 무가치함, 그리고 '내 편은 아무도 없다'는 억울함에 끊임없이 뜨거운 눈물이 흘렀다.

운전해서 조용한 곳을 찾은 후, 〈Come What May〉를 들으며 창문을 꼭 닫고 소리를 질렀다. 나를 화나게 한 건 남편이었지만, 수치심과 억울함의 근원은 부모였다. 남편을 향한 분노는, 어느새 부모를 향한 욕으로 흘러나오고 있었다. 나를 때린 아빠에게, 그걸 막아 주지 않은 엄마에게 분노를 뱉어 냈다. 내가 진짜 분노해야 하는 대상은 '지금의' 남편이 아니라 '과거의' 부모라는 걸 조금씩 알아 갔다.

고등학교 소풍 때, 무서운 놀이기구를 타면서 시원하게 소리를 지르는 친구가 부러웠다. 뱃속 깊은 곳에서부터 소리를 지르면 속이 시원해질 것 같은데, 언제나 목 언저리에서만 소리가 맴돌아 힘껏 소리를 질러도 목만 아플 뿐 시원한 느낌이 없었다. 그런데 그날 차 안에서 들었던 내 목소리는 뱃속 깊은 곳, 어쩌면 그보다 더 깊은 뿌리에서부터 올라오는 소리였다. 상처를 치유하고 반드시 내 아이를 지켜내겠다는 간절함 때문이었다. 더 이상 목소리가 나오지 않을 때까지, 눈물이 흐르지 않을 때까지 내 안의 감정을 모두 흘려보냈다.

그날 저녁 어떻게 집에 돌아왔는지는 선명하지 않다. 다만 오랜만에 푹 잤던 기억만은 뚜렷하다. 그렇게 부모에 대한 분노를 풀어 내자 남편과 말다툼을 하는 표면적인 이유에 집중할 필요가 없다는 게 분명해졌다. 남편과의 문제는 본질적으로 나의 문제에서 출발했다. 모든 것이 내 내면에 있는 감정이 만들어 내는 연극이었다. 집중해야 할 것은 내 안에 억압된 감정들이었다.

우리는 우리 안에 가득 차 있는 분노를 건강하게 밖으로 흘려보내 마음을 비워야 한다. 그래야 분노가 나간 자리에 사랑을 채울 수 있다. 그러기 위해서는 내가 '무엇'에 분노해야 하는지, 그 분노의 대상이 '누구'인지를 명확하게 아는 것이 중요하나. 당신이 미시고꼭 와끼 비는 이유가 저맘 눈앞의 그 사람 때문일까? 질문에 대한 답은 당신 안에 있다.

3

과거라는 다락방 청소하기

"왜 그렇게 과거에 집착하는 거야?"

내면 아이를 만나겠다고 과거를 돌아보는 작업을 하면서 주변 사람들에게 가장 많이 들었던 말이었다. 어린 시절을 되돌아보고 상처를 치유하는 과정이 다른 사람들에게는 긁어 부스럼을 만드는 일로 보인 듯했다. 현재에 집중해야지 아픈 과거를 돌아보는 게 무슨 소용이 있냐는 말을 계속 듣다 보니 가끔은 그들의 말처럼 과거에 얽매여 사는 내가 이상한가 의심이 들기도 했다. 미래를 준비하는 것은 긍정적이고 진취적이라고 평가받지만, 과거를 돌아보며 내면을 들여다보는 일은 쓸데없고 어리석다는 평가를 받기 쉽다.

그러나 이제는 자신 있게 말할 수 있다. 내면을 들여다보는 일은 결코 과거에 집착하는 게 아니라고 말이다. 과거를 되돌아보고 깨끗하게 정리하는 일은 오히려 현재를 더 잘 살아 내는 방법이다. 만약 냉장고에 썩은 음식이 있고, 거기서 엄청난 악취가 난다면 당신은 어떻게 하겠는가? 아마 얼른 썩은 음식을 치우고 있던 자리도 말끔하게 닦을 것이다. 썩은 음식이라는 원인을 해결하지 않고는 악취라는 결과를 바꿀 수 없다는 것을 너무도 잘 알고 있기 때문이다. 아무리 효과가 좋은 탈취제를 냉장고에 넣는다고 해도 썩은 음식이 냉장고에 들어 있는 한 악취는 사라지지 않는다. 과거의 상처를 들여다보는 것은 현재 당신이 고통스러워하는 것의 원인인 과거의 억압된 감정을 깨끗하게 정화하고 내면이라는 정원을 아름답게 가꾸는 일이다.

내면 아이의 상처를 돌보는 일은 과거에 집착하는 것이 아니다. 과거의 상처는 우리의 몸과 생각, 감정에 모두 영향을 미친다. 그리고 지금 우리의 몸과 생각, 감정이 다시 현실을 만들어 낸다. 따라서 우리가 현실에서 마주하는 대부분의 문제는 현재가 아닌, 과거에서 원인을 찾을 때 근본적인 부분까지 해결할 수 있다.

당신을 힘들게 하는 사람, 관계, 상황을 종이에 모두 적어 보라. 그리고 거기에서 당신이 느끼는 감정을 살펴보자. 사람과 상황이 바뀌어도 당신이 주로 느끼는 감정은 비슷하다는 것을 발견할 것이다. 그것을 핵심 감정이라고 한다. 핵심 감정의 이면에 당신의 충족되지 않은 어린 시절의 욕구가 있다.

나에게 핵심 감정은 '외로움'이었다. 외로움이라는 감정이 계속해서 내 삶에 문제를 만들었다. 외로움 이면에는 '누군가에게 소중한 사람이 되고 싶다'는 욕구와 '사랑받고 싶다'는 욕구가 있었다. 사랑받기 위해 내가 가치 있는 사람이라는 걸 증명하려고 했지만, 나를 증명하려 애를 쓸수록 관계가 어그러졌고 좌절했다. 기대와 실망을 반복하며 사람들에게서 멀어지고 소외되었다. 나를 알아주지 않는다며 사랑하지 않는 주변 사람들을 원망했고, 그들과의 관계를 끊어 버리며 더 깊은 외로움으로 나를 밀어넣었다.

학교에서도, 직장에서도, 결혼을 하고 이룬 가정에서도 마찬가지였다. 누구에게도 편안하게 있는 그대의 나를 보여주지 못했다. 어쩌다 나를 증명하려는 노력이 성공해 주변 사람들에게 인정을 받아도 여전히 외롭고 공허했다. 사람들이 좋아하는 모습은 '진짜' 내가 아니라 꾸며 낸 나였기 때문이었다. 진짜 내 모습을 보면 모두 날 버리고 떠날 것이라는 생각으로 언제나 불안했다. 이전에는 친구가, 학교 선배가, 상사가, 남편이 문제라고 생각했다. 그 사람들 때문에 내가 힘들다며 억울해했다. 상처를 돌아보고 나서야 과거의 내 문제들에 '패턴'이 있다는 걸 알 수 있었다. 과거를 돌아보지 않았다면 외로움이라는 감정이 만들어 내는 문제의 패턴을 결코 찾지 못한 채 여전히 고통받고 있었을 것이다.

과거의 상처를 돌보는 일은 앞으로 더 나아가기 위해 과거를 잘 정리하는 일이다. 창고에 쌓아 놓은 물건들을 정리해야 새로운 물건을 넣을 공간이 생기는 것처럼 과거를 살펴보는 일은 미래를 위해서 반드시 해야 하는 일이다. 과거의 나를 반추하며 내면 아이와의 관계를 단단하게 하는 일은 우리가 앞으로 나아가는 데 가장 필요한 '자기확신'을 키우기 위한 준비 단계다. 자신을 믿고 나아가는 자기확신은 자신의 감정과 욕구를 정확하게 알고 인정할 수 있을 때 주어지는 선물이다.

어린 시절 부모로부터 조건이 붙은 사랑을 받아온 당신은 사랑받기 위해 계속 무언가를 하려 하고, 자신을 증명하려고 애쓴다. 그러나 당신이 '무엇'을 해서 받은 사랑은, 당신이 그것을 하지 않을 때 사라지고 만다. 그 사랑은 그저 '당신'이어서 받은 게 아니기 때문이다. 나를 조건 없이 사랑하는 일은 과거를 돌아보는 것에서 시작한다. 오직 단 한 사람, 나만이 나에게 무조건적인 사랑을 줄 수 있다는 것을 알게 해 주기 때문이다. 당신은 그저 당신이기에 충분히 사랑스러운 존재다. 스스로를 인정하고 사랑해 주자.

4

사랑받기? 사랑 주기!

　과거를 돌아보며 상처를 들여다보는 일을 하다 보면 억울한 마음이 들 때가 많다. 나 역시 '어린 시절에 사랑받고 자랐다면 지금 이렇게 힘들지는 않을 텐데' 하는 마음에 부모를 원망하기도 하고, 과거에 했던 선택을 후회하며 자책하기도 했다. 부모로부터 받지 못했던 무조건적인 사랑을 받겠다며 주변 사람들에게 큰 기대를 했다가 실망한 적도 여러 번이다.

　특히 남편이 나를 무조건 사랑하고 받아 주기를 바랐

다. 마치 맡겨 놓은 물건을 돌려받는 것처럼 당연하게 말이다. 남편은 내 기대에 부응하려 노력했지만, 어떻게 해도 채워지지 않는 깨진 항아리에 지쳐 갔다. 뻔뻔하게도 나는 남편의 노력과 희생을 당연하게 여겼다. 남편과의 관계는 점점 더 꼬이고 악화되었다.

아이는 태어나서 독립하기까지 약 20년의 기간 동안 부모로부터 다양한 형태의 사랑을 받는다. 부모는 갓난아기의 하나부터 열까지 모든 것을 돌보고, 아기의 모든 행동을 긍정적으로 해석하려 한다. 아기의 웃음과 울음, 칭얼거림까지 부모가 관심과 사랑을 가지고 반응할 때 아이는 긍정적인 자기(self)를 만들 수 있다. 부모의 수용과 사랑의 과정을 통해 아이는 건강한 자아상을 가진 어른으로 성장한다.

내가 받아들여야 했던 아픈 진실은, 그토록 원했던 어린 시절의 무조건적 사랑을 줄 사람이 없다는 것이었다. 앞으로 남은 내 삶에서 나에게 그런 사랑을 줄 사람은 결코 나타나지 않는다는 것을 인정해야 했다. 나는 이미 어른이었다. 어린 시절 부모에게 무조건적인 사랑을 받을 기회를 잃어버린 것에 대해 슬퍼하고 아파할 수는 있지만, 받지 못한 것을 받으려고 해서는 안 되었다. 상실에 대한 애도의 시간이 필요했다. 그 안에서 분노와 슬픔을 다루어야 했다. 애도를 하면서 분노와 슬픔을 충분히 다루지 않으면, 치유의 과정에서 좌절하거나 퇴행하는 경우가 있다. 다시 어린아이의 마음으로 돌아가 버리는 것이다. 무조건적인 사랑을 줄 사람을 계속 찾아다니거나 내면이 아닌 외부의 자극에 휩쓸린다. 혹은 과거에 받지 못한 사랑을 지금이라도 달라며 부모에게 요구했다가 더 큰 상처를 입기도 한다. 내면 아이의 상처를 치유하는 과정에서 제일 중요한 것은 내가 나 자신을 사랑으로 돌보고 책임지겠다고 마음먹는 일이다.

받지 못했던 부모의 사랑을 간절하게 원하는 마음은 사실 무엇으로도 채울 수 없다. 아무리 사람들에게 둘러싸여 많은 사랑을 받아도, 아이 같은 마음으로 부모의 사랑을 갈망하면 근원적인 외로움을 느끼게 된다. 그것은 온 우주에 나 홀로 남은 것 같은 고독함, 공허함, 고립감 등을 포함한 감정이다. 사실은 우리는 누구나 존재 자체, 근원적인 외로움은 타인과 연결을 통해 채울 수 없는 것임을 인정해야 한다. 우리는 자신을 이해하기 위해 많은 공부가 필요하다. 그렇게 진정한 자기 이해와 수용을 통해서만이 그런 허한 감정을 채울 수 있기 때문이다. 내가 계속해서 '나'에 대해 탐구하려 여러 방면의 책을 읽고 다양한 분야를 공부한 것도 결국 근원적인 외로움과 친구가 되기 위해서였다.

어떤 모습이든 다 괜찮다고 무조건 받아 주는 사랑이 있어야, 우리는 진짜 자신의 모습으로 존재할 수 있다. 이것이 우리에게 무조건적 사랑이 중요한 이유다. 사랑에 조건이 붙으면 사랑을 받기 위해 나를 맞추려 거짓 자아를 만든다. 오랫동안 가면을 쓰고 살다 보면 자신이 가면을 쓰고 있다는 것도 잊고 진짜 나를 잃어버리게 된다. 하지만 아무리 오랜 시간이 걸리더라도 우리는 반드시 '가면을 쓴 나'와 '진짜 나'를 구분해야 한다.

당신이 받지 못한 그 사랑을 찾아 헤매는 것을 이제 멈춰야 한다. 간절히 원하던 부모의 사랑을 이제 놓아주자. 내곁에 끝까지 남아 나를 사랑할 사람은 바로 나다. 내가 내면 아이의 '엄마'가 되어 사랑을 주고 온전한 내가 되자.

5
관계의 경계 존중하기

삶에서 가장 어려운 일을 하나만 꼽으라면, 바로 관계를 유지하는 일이라고 대답할 것이다. 특히 아주 가까운 사람들과의 관계가 늘 나를 괴롭혔다. 부모, 남동생, 애인, 친한 친구들과의 관계에서 자주 상처받고, 또 상처를 주었다. 그중 남편과의 관계는 아무리 끊으려고 애를 써도 절대 끊어지지 않는 질긴 고무줄 같았다. 결혼 전의 나는 따뜻하고 안전한 가정을 늘 꿈꿨다. 가족 구성원이 각자의 삶을 충실히 보내고 집으로 돌아와 편하게 쉬면서 에너지를 충전하는 그런 곳 말이다. 그러나 결혼 후 현실은 마치 누가 더 큰 고통을 주어 상대를 쓰러뜨리는지 겨루는 격투장 같았다.

세상은 믿을 만하고 안전한 곳이라는 확신이 없었다. 그런 위험한 세상에서 나를 누군가에게 맡기고 의지한다는 것은 불가능했다. 관계 안에서 언제나 우위를 차지하려 애썼다. 내가 상대를 통제하고 원하는 대로 조종할 수 있어야 안전하다고 느꼈다. 이런 믿음은 남편과의 관계에서도 동일하게 적용되었고, 나는 모든 상황에서 힘의 우위를 차지하려고 했다.

어린 시절, 부모와의 관계나 또래 집단에서 수치심을 느끼게 되면 아이는 자신을 보호하기 위해 '힘'을 추구하게 된다. 물론 아이마다 타고나는 기질이 다르기에 정반대로 힘을 무조건 피하고 두려워할 수도 있다. 나는 타인을 지배하고 통제하면서 수치심에서 벗어나려고 했다. 언제나 관계에서 누가 더 우위에 있는지, 누가 권력을 가지고 있는지가 중요했다. 가능한 내가 위에 있으려고 했다.

타인을 지배하려는 사람들의 관계는 경직되어 있고 수

직적이다. 또 상대방의 감정이나 슬픔에 공감하는 능력이 부족해 특히 아주 가까운 사람들의 고통을 이해하지 못하고 오히려 상처를 주기도 한다. 나는 남편의 상처나 고통을 별것 아닌 것으로 여기며 고작 그런 아픔도 버티지 못한다고 남편을 비난했다. 매일 이어지는 비난과 폄하를 버틸 수 있는 사람이 있을까. 상대방을 짓밟고 올라서야 수치심에서 조금이라도 벗어날 수 있었기에 자동적으로 사람들을 비난했지만, 관계가 엉망이 되면 고통스러웠다. 그런 고통에서 벗어나려면 타인의 감정뿐만 아니라 내 감정에도 점점 무뎌져야 했다. 삶의 기쁨, 소소한 행복, 살아 있다는 생동감이나 생명력을 느끼지 못한 채 기계처럼 하루하루를 살았다. 피폐한 삶, 삭막한 가정. 이건 내가 그리던 삶이 아니었다.

수치심을 극복하는 궁극적인 방법은 있는 그대로의 나를 수용하고 사랑하는 일이다. 그러나 나 자신에게 문제가 있다고 여기는 것이 수치심이라 아무리 나를 사랑하려고 애써도 그게 잘되지 않았다. 그래서 나는 먼저 남편을 존중하기로 했다. 내 삶이 나의 책임이듯, 남편의 삶은 남편의 것이라는 걸 받아들이는 것이었다. 그러자 남편의 경계를 함부로 침범하고 있다는 것이 눈에 선명하게 들어왔다. 부부란 한 사람이 상대방에게 전적으로 의존하고 사랑받는 관계가 아니라 서로가 서로의 경계를 지키며 존중하고, 그런 신뢰 위에 새로운 경험을 쌓아 가는 관계였다.

남편의 경계를 존중하며 나와 남편을 분리하는 작업을 하면서, 내면 아이가 홀로 버려진 시간 동안 얼마나 외롭고 두려웠을지도 공감해 주었다. 내가 내면 아이의 고통을 인정하자 신기하게도 남편의 마음이 조금씩 느껴지기 시작했다. 남편에게도 자신이 꿈꾸던 행복한 가정의 모습이 있었을 것이다. 그 꿈이 깨지고 집이 지옥 같은 모습이 되었을 때 그는 얼마나 괴롭고 또 외로웠을까.

남편의 삶을 존중하며 그의 경계를 지켜 주고, 나의 삶은 내가 책임진다는 마음이 필요했다. 각자의 시간을 충분히 누리고 다시 만났을 때 사랑이 더 충만해진다는 것을 느꼈다. 일방적으로 누군가의 희생을 강요하지 않고도 모두 행복해질 수 있다는 걸 배웠다. 이는 내가 오랫동안 찾아 헤매던 친밀한 관계를 오래도록 유지하는 비결이었다.

6

내 몸에 대한 권리는 나에게 있다

남편과 장난을 치다가 남편이 "맛 좀 봐라!" 하면서 시작된 간지럼이었다. 남편이 계속 간지럼을 태우는 바람에 하지 말라는 말을 제대로 할 수가 없었다. 한 번만 하고 끝났으면 장난스러운 분위기로 흘러갈 수도 있었을 텐데, 넘어가듯 웃는 내가 재미있었는지 남편은 여러 번 더 간지럼을 태웠다. 간지럼을 태우는 남편의 손을 잡으려 했지만, 웃느라 숨도 쉬기 힘든 상황에서 남편을 힘으로 제압하기란 불가능했다. 남편은 한참 시간이 지나고 나서야 멈췄다. 나는 웃느라 가빠진 숨을 좀 가다듬고 있었고, 그 사이 남편은 방에서 나갔다.

천천히 숨이 원래의 속도로 돌아오면서 말로 표현할 수 없는 엄청난 수치심이 밀려왔다. 내 몸에 대한 통제권을 완전히 잃었다는 생각이 들어, 남편이 그저 장난을 친 것이라는 걸 알면서도 힘으로 제압당했다는 느낌에 엄청난 수치심과 분노가 치밀어 올랐다. 생각이 거기까지 이르자 나도 모르게 눈물이 터졌다. 가다듬었던 숨이 다시 격해지면서 온몸이 뜨거워졌다. 벌떡 일어나 남편에게 갔다.

"내가 하지 말라고 했지! 하지 말라고 했는데 왜 계속해! 내 기분이 어떤지 상상해 봤어?"

나는 남편에게 소리를 질렀다. 내가 씩씩거리며 울고 있는 모습을 보고 남편은 당황하며 바로 사과를 했지만 도무지 분이 풀리지 않았다. "하지 말라고 하면 하지 말란 말이야! 내 몸이지 네 몸 아니잖아! 왜 내 몸을 함부로 대해!"라고 다시 소리치자, 남편은 아무 말도 하지 못했다. 남편에게 소리를 지르면서도 내 행동이 과하다고 느꼈다. 하지만 몸에 느껴진 감각과 내 감정을 아무 일 없듯 넘어갈 수가 없었다. 그전에도 아이가 보는 앞에서 과한 스킨십을 하거나 싫다고 말해도 계속해서 몸을 만지는 남편에게 화를 낸 적이 종종 있었다. 내가 화를 내면 남편은 언제나 억울하다는 표정으로 나에게 하소연했다. '실컷 만지려고 결혼하는 것'이라는 남편의 장난 섞인 말을 들었을 때, 물건이 된 것 같다는 모욕감마저 느껴졌다.

그 일이 있고 난 뒤 내 몸에 대한 경계를 확실하게 정하기 위해 남편에게 허락 없이 몸을 만지지 말라고 선포했다. 아무리 결혼한 사이라고 해도 내 몸에 대한 권리는 나에게 있음을 분명하게 하고 싶었다. 너무 과한 건 아닌가 고민하던 중 아이의 책장에 꽂혀 있던 레이첼 브라이언의 《동의》(아울북, 2020)라는 책을 발견했다. 아이들에게 자신의 몸에 대한 경계를 바르게 세우고, 타인의 경계도 존중해야 한다는 '신체 결정권'을 가르쳐 주는 책이었다. 특히 경계선의 기준은 사람마다 달라 사전에 서로 '동의'를 구하고 받는 과정이 반드시 필요하다는 것이 저자의 주장이었다.

"네가 예민한 거야. 그렇게까지 해야 해?"
"우리 사이에 너무한 거 아니야?"

"내가 너한테 그 정도밖에 안 되니?"

친밀한 사이라는 이유로 신체적 경계를 침범하는 경우가 너무도 많다. 자신이 상대의 경계를 침범한 것을 사과하기는커녕 오히려 상대방을 예민한 사람 취급을 하거나, 우리 사이에 너무한 거 아니냐며 경계를 세우는 사람이 문제라고 몰아붙이기도 한다. 이런 말을 하는 사람이 가장 친밀한 대상이라면 우리는 신체적 경계를 지키기 위해 더 많은 결단과 노력이 필요하다.

다행히 남편은 나를 존중했고, 신체 경계선을 지키는 일이 중요하다는 것을 이해했다. 물론 가끔은 예전처럼 억울한 표정과 말투로 '너무하다'고 말할 때도 있다. 그래도 내 몸에 대한 결정권은 오직 나에게 있음을 잊지 않으려 애쓴다. 신체 경계선은 고정된 것이 아니다. 경계선은 언제나 나에게 편안한 방식으로 바꿀 수 있다. 나에게 편안한 방식으로 경계선을 바꾸며 관계의 균형을 맞추면 된다. 왜 이랬다저랬다 하느냐는 비난의 말은 무시하자. 내 몸을 내 마음대로 하는 것은 나의 자유다.

7

몸과 마음 연결하기

"은성아, 너 엄마 말 듣고 있는 거야?"

아이는 어느새 꾸벅꾸벅 졸고 있었다. 당시에는 아이가 내 말을 듣지 않는 것도 화가 났고, 나아가 나를 무시하는 것 같아 괘씸하기까지 했다. 긴장 상황에서 벗어나기 위해 잠으로 빠지는 것이 자연스러운 '자기방어'라는 것을 알게 된 것은 한참 후였다.

아이는 화난 엄마가 무서워 자신의 감정을 표현하거나

자신을 변호할 수도, 그 자리에서 벗어날 수도 없었다. 그럴 때 아이들은 유일하게 통제할 수 있는 자기 자신을 제어한다. 몸과 정신이 분리되는 '해리'가 바로 그런 경우이다. 긴장되고 억압적인 상황이 반복되면 아이의 마음은 몸에서 빠져나온다. 고통당하고 있는 자신의 몸을 밖에서 바라보면서 자신의 일이 아니라고 생각하는 것이다. 그래야만 감당할 수 없는 고통에서 살아남을 수 있다. 생존을 위한 아이들의 무의식적인 선택이다.

생각해 보니 나도 유독 잠을 많이 자던 때가 있었다. 성인이 되어 아빠의 통제에서 벗어나기 위해 여러 시도를 했지만 모두 실패하고 집으로 다시 돌아왔을 때였다. 그때 나는 하루에 15시간 이상 잠을 잤다. 무엇도 내 마음대로 할 수 없다는 무력감에 깨어 있는 시간이 너무 괴로웠다. 제대로 먹지도 않고 잠만 자니 건강도 점점 나빠졌다. 그런 무기력한 시간이 길어지면서 내 몸은 결국 버티지 못하고 아프기 시작했다.

감정을 억압하고 억누르는 것이 지속되면 나중에는 감

정을 알아차리는 능력 자체가 크게 떨어진다. 몸의 감각 자체가 무뎌지는 것이다. 감정을 느끼지 않기 위해서는 몸에서 느껴지는 감정의 단서들, 즉 신체 감각을 차단해야 한다. 그래서 감정을 억눌렀던 기간이 길수록 자신의 신체 감각을 느끼는 능력도 떨어진다. 자신의 몸으로부터 멀어지게 되는 것이다. 호흡이나 심장 뛰는 느낌, 근육의 뭉침이나 얼굴에서 느껴지는 열감 같은 몸의 변화를 감지하지 못한다. 동시에 감정을 언어로 설명하기도 어려워진다. 내가 슬픈 건지, 화가 나는지, 두려운지 감정을 구별하는 것이 어렵다면, 몸의 감각부터 섬세하게 느끼는 연습이 필요하다.

트라우마 경험이 있는 사람은 자신의 몸을 잘 느끼지 않으려 하는 경우가 많다. 잔인한 폭력 속에서 자란 아이가 자신의 감정을 마음껏 느끼고 표현하는 건 불가능하다. 집이 안전하지 않았던 아이는 자신의 감정을 억압하는 것이 익숙해지고, 더불어 신체 감각 역시 무뎌진다. 몸과 마음의 연결이 끊어진 어른이 되는 것이다. 감정을 어떻게 분류하고 표현하는지 배우지 못해 이른이 되어서도 타인과 관계를 맺는 것이 어렵다. 따라서 누군가와 관계를 유지하는 일도 힘들어진다. 그렇게 상처받은 내면 아이를 마음에 품고 고립된 채 외롭게 살아가는 어른 아이가 된다.

감정을 느끼지 않기 위해 몸을 무감각하게 만들면 우리는 무기력해진다. 그런데 우리는 그렇게 고통스러운 자신을 충분히 쉴 수 있도록 돌봐주기는커녕 게으르다고 자책하며 더 세게 채찍질한다. 그렇게 에너지가 바닥날 때까지 자신을 몰아붙이면 번아웃 상태에 이르게 된다. 진정한 치유를 위해서는 몸과 마음을 돌보고 둘의 연결을 다시 단단하게 이어야 한다. 머리가 아닌 몸과 마음이 하는 말에 귀 기울이는 것이 연결의 첫 번째 단계다. 감정이 느껴질 때 몸의 반응에 주의를 기울이면 끊어진 내 몸과 마음의 연결을 다시 이을 수 있다.

지금 눈을 감고, 가만히 심장에 손을 대고 당신의 심장이 뛰는 것을 느껴 보라.

8

모든 기억에는 반짝이는 순간들이 있다

남편과의 관계를 회복하기 위해서는 나 자신과의 관계를 회복하는 일이 먼저였다. 글쓰기 수업을 들을 무렵 지인에게 소개받은 줄리아 카메론의 《아티스트 웨이》(경당, 2012)라는 책을 읽었다. 저자는 책에서 매일 아침마다 하루에 3쪽씩 의식의 흐름대로 글을 쓰라고 말한다. 나는 책에 나온 대로 12주간 매일 새벽에 일어나 글을 쓰기 시작했다.

매일 아침 매일 3쪽을 쓰는 '모닝 페이지'는 훌륭한 글쓰기 연습이 되었다. 조용한 새벽, 거실에 앉아 손으로 글을 쓰는 일은 생각보다 멋졌다. 처음에는 어떤 말을 써야 할지 몰라 막막했지만 주제도, 또 보여 줄 사람도 없이 마음껏 글을 쓰는 것은 나에게 자유로움을 선물했다. 남편에 대한 욕부터 시작해 전날 있던 자질구레한 일들을 쓰기도 하고, 멋진 미래를 꿈꾸며 상상의 나래를 펼치기도 했다. 모닝 페이지를 쓰면서 감정을 훨씬 다양한 언어로 표현할 수 있게 되었다. 그리고 무엇보다 중요한 건, 내가 느낀 그 감정들이 사실은 내가 원하는 '욕구'가 좌절되거나 충족되었을 때 나타나는 결과라는 것이었다. 겉으로 드러난 감정 아래 근본적인 감정이 숨겨져 있기도 했으며, 더 깊은 곳에는 내가 원하는 무언가가 웅크리고 있었다.

남편에게 화가 나 모닝 페이지에 분노를 표현하다 보면, 그 아래 숨겨진 남편과의 관계가 끝날 것 같은 두려움이나 어린 시절의 수치심이 떠올랐다. 그런 감정을 더 파고들어 가면 사실은 남편에게 이해받고 사랑받고 싶었지만 그러지 못해 외롭고 슬펐던 마음도 드러났다. 나의 감정과 욕구를 글로 정리하니, 남편을 향한 화는 사라지고 내가 진짜 원하는 것이 무엇인지 초점을 맞추기가 훨씬 수월했다.

줄리아 카메론의 《새로운 시작을 위한 아티스트 웨이》 (청미, 2020)는 중년을 위한 책으로 '회고록'이라는 글쓰기 과제가 담겨 있다. 회고록은 말 그대로 자신의 과거를 기억하며 되돌아보는 작업인데, 어린 시절의 기억이 거의 없던 나에게 작은 기억의 조각들을 떠올리게 해 준 아주 유용한 도구였다. 약 40년의 삶을 작은 부분들로 나누어 글을 쓰기 시작했다. 초등학교 앞 문방구에서 사 먹던 불량식품이나 중학교 때 좋아했던 가수의 노래를 떠올리면 자연스럽게 그때 함께했던 친구들이나 그때 느낀 감정이 떠올랐다. 회고록 덕분에 나는 과거의 몇 장면들을 생생하게 떠올릴 수 있었다.

막연하게 과거는 힘들고 고통스러운 시간이었다고 뭉뚱그려 생각할 때와는 완전히 다른 느낌이었다. 아프기만 할거라며 애써 들춰 보지 않았던 기억을 하나씩 자세히 살펴보자 의외로 행복한 추억이나 즐거운 장면들이 떠오르기 시작했다. 오랫동안 잊고 있던 기억들을 꺼내어 먼지를 탈탈 털었나. 어두운 곳에 웅크리고 있던 기억들은 나를 금방이라도 잡아먹을 괴물 같아 보였다. 그러나 햇빛 밖으로 꺼내어 깨끗하게 닦아 주었더니 괴물이 아니라 그저 오래된 낡은 인형일 뿐이었다.

나는 회고록 작업을 통해 과거를 들여다보며 내면 아이의 상처를 이해할 수 있었고, 그 결과 현재의 나를 수용할 수 있는 폭이 훨씬 넓어졌다. 과거에 내가 했던 선택을 돌아보면서, 비록 그 선택이 나를 힘들게 했더라도 그때의 나에게는 최선이었음을 인정했다. 그때는 알지 못했던 지혜와 통찰을 어른이 된 지금의 시선에서 찾아내고 그걸 현실에 적용하려 노력했다. 왜곡된 채 어둠 속에 묻혀 있던 과거에 현재의 내가 새로운 숨길을 불어넣으니 상처조차 감사하게 느껴졌다. '나'라는 사람을 여러 각도에서 바라보며 입체적이고 통합적인 나를 만드는 시간이었다.

당신의 삶에도 이해할 수 없을 만큼 힘든 일들이 있었을 것이다. 다시는 생각하고 싶지 않아 당신의 기억을 꽁꽁 숨겨 두고 아주 오랜 시간 동안 꺼내 보지 않았을지도 모르겠다. 하지만 우리는 더 이상 과거의 어린아이가 아니다. 당신은 스스로의 삶을 원하는 대로 이끌어 갈 힘이 있는 어른이다. 어린 시절 당신이 무서워했던 것들이 어른이 되면 시시해 보이는 것처럼, 당신의 과거도 당신이 생각하는 만큼 위협적이지 않다는 걸 알았으면 좋겠다.

언제든 당신이 준비되었다고 느껴질 때, 당신의 과거를 천천히 하나씩 돌아보길 바란다. 고통과 상처를 치유하려고 애쓰는 과정에서 당신은 단단하고 아름다운 당신만의 진주를 만날 것이다.

9

문제가 아니라 과제

내면 아이의 상처를 돌보는 시간이 길어질수록 진주알처럼 반짝이는 아름다운 과거의 순간들을 점점 더 많이 찾아냈다. 그런 긍정적인 과거 경험을 발견할 때마다 나도 꽤 괜찮은 사람일지 모른다는 기대에 가슴이 설렜다. 설렘으로 마음이 부풀어 오를 때면, 주변 사람들에 대한 시선도 따뜻해졌다. 그렇게 사랑을 주고받는 순간들이 많아질수록 있는 그대로의 나를 보여 줄 수 있는 용기도 점점 커졌다. 그렇게 해도 안전하다는 믿음이 생겼다.

그러나 삶이 언제나 평온할 수는 없다. 갈등과 문제는 삶의 필수 요소들이다. 그것은 우리를 괴롭히기 위해 오는 것이 아니라, 성장시키기 위해 온다. 마치 게임에서 다음 레벨로 가기 위해서는 스테이지의 왕을 이겨야 하는 것처럼, 관계에서 문제가 생길 때마다 능력을 시험해 볼 때가 왔다며 스스로를 응원하고 지지했다.

문제는 우리를 쓰러뜨리려는 적이 아니다. 우리가 배워야 할 것은 문제 안에 있다. 나는 남편과의 관계에서 문제가 생기면, 그 '문제'를 배워야 할 '과제'로 바꾸어 생각했다. 남편과 돈 문제로 갈등이 생기면, 돈에 대해서 배워야 할 시간이라고 받아들였다. 내가 가진 돈에 대한 잘못된 개념을 살펴보고 그것이 어디서부터 왔는지 뿌리를 찾으려고 했다. 내 소비 패턴을 살펴보기도 하고, 깨닫게 된 것을 남편에게 어떻게 전달할 수 있을지 공부했다. 그렇게 갈등을 해결해 나가는 방법을 하나씩 배우고 몸에 익히면서 남편과의 관계는 점점 더 좋아졌다.

물론 처음부터 문제를 과제로 받아들일 수 있었던 것은

아니다. 내면 아이와의 연결이 단단해지면서 내면도 강해졌고, 남편과의 관계도 편안해졌다고 안심하고 있을 때면 어김없이 문제가 터졌다. 방심하고 있던 나는 그때마다 와르르 무너졌다. 다 때려치우고 싶다는 생각이 들었다. 지금까지 열심히 쌓아 온 모래성이 한 번의 파도로 사라진 듯 허망했다. 다시 처음부터 시작해야 한다는 생각에 막막했고 두려웠다. 포기하고 싶었다. 성장은 나선형이라는 말도 그 순간만큼은 전혀 위로되지 않았다. 그냥 주저앉아 다시는 일어나고 싶지 않았다.

그런 나를 일으켜 세운 것은 언제나 '기록'이었다. 내면 아이의 상처를 치유하고 나를 통합하면서 썼던 글들이 나를 다시 일어서도록 만들었다. 같은 자리로 돌아왔다고 좌절하던 나에게 기록은 내가 그동안 어떤 노력을 했고, 어떤 변화들이 있었는지를 보여 주는 지도였다. 내가 주저앉은 그 자리가 결코 예전의 그 자리와 같지 않다는 걸, 기록을 보면 알 수 있었다. 고개를 들어 주위를 둘러보면 예전과 다른 풍경이 아주 조금은 보이는 것도 같았다. 기록은 쓰러진 나를 일으킬 강력한 힘을 가지고 있었다. 지금도 나는 꾸준히 기록하려 한다. 기록만큼은 나를 절대로 배신하지 않는다는 걸 경험했기 때문이다.

내면 치유와 통합의 과정은 끝이 없다. 성장하기 위한 노력은 죽기 직전까지도 계속해야 하는 일이기 때문이다. 그러니 첫 번째 파도를 무사히 넘겼다면 자신을 충분히 칭찬하고 인정해 주자. 그리고 파도가 지나간 뒤에 오는 평온한 시간을 기쁘게 누리면 된다. 언제 두 번째 파도가 올지 몰라 불안하고 초조한 마음으로 그 귀한 시간을 망치지 않길 바란다. 두 번째 파도는 우리가 배워야 할 지혜와 통찰이라는 선물을 가지고 찾아올 것이다. 그 선물을 기꺼운 마음으로 받자.

10

남편의 눈물을 닦아 준 그날

"아빠는 왜 밥 먹으면서 핸드폰 봐!"

아이가 말하자, 남편이 아이에게 빽 소리를 질렀다. 저녁 식사 자리였다. 배가 별로 고프지 않았던 아이가 옆에 만화책을 펴 놓고 밥을 깨작거리고 있었다. 그런 아이가 보기 싫었던 남편은 아이에게 책을 치우라고 말했다. 책을 치운 아이는 억울한 표정으로 꾸역꾸역 밥을 먹었다. 남편은 식사를 마치고 식탁에 앉아 휴대폰으로 뭔가를 하고 있었고. 아이가 그런 남편의 모습을 보고 한마디를 한 것이다. 깨작거리는 아이가 눈에 거슬리는 남편의 마음도 알겠고, 만화책을 못 봐서 억울한 아이의 마음도 이해가 갔다. 나는 분위기를 전환해 보려 낮에 아이가 아빠에게 주겠다고 사온 과자를 남편에게 내밀었다. 평소 남편은 편의점에 갈 때마다 아이가 좋아하는 간식을 자주 사는데, 그런 아빠에게 고마움을 표현하고 싶었는지 아이도 아빠가 제일 좋아하는 과자를 사왔다. 아이가 아빠를 위해 직접 과자를 고르고 사왔다는 내 말에 대꾸도 없이 과자를 뜯는 남편에게 아이한테 고맙다고 전해야지, 라며 한마디를 보냈다. 그런 내 말에도 아무 말 없이 과자 봉지를 뜯는 남편에게 순간 화가 났다.

"고맙다고 안 할 거면 먹지 마."

나는 남편이 반쯤 뜯은 과자 상자를 빼앗으며 말했다. 남편은 내 말에 "안 먹어!"라고 화를 내며 방으로 들어갔다. 너무 화가 나 쫓아 들어가서 다 큰 어른이 도대체 왜 이렇게 아이처럼 구는 거냐며 퍼붓고 싶은 마음이 가득했다. 그러니 감정에 피해져 있을 때 이야기해 봐야 문제 해결은커녕 서로 마음만 다친다는 걸 알기에 깊게 숨을 들이마셨다.

화가 지나가기를 기다렸다. 아이가 남편과 나를 보고 긴장했을 것 같아 천천히 먹어도 된다고 말했다. 아이는 밥을 조금 더 먹더니 "아빠한테 사과할까?"라고 물었다. 냉랭한 분위기가 불편했던 걸까. 눈치를 보는 아이를 보니 마음이 짠했다. 아이에게 너를 소중히 대하지 않는 사람에게 먼저 사과할 필요가 없으며, 아빠는 지금 사과를 받을 자격이 없다는 것을 설명했다. 그런 내 말에 아이는 그래도 아빠에게 사과하고, 화해하고 싶다고 말했다. 아이 본인에게는 그게 더 중요하다고 말하며 아빠를 용서해 주겠다는 것이다. 아이가 남편이 있는 방으로 들어갔고 조금 지나 남편과 아이가 거실로 나왔다.

"엄마, 우리 화해했어!"

아이의 목소리가 한결 가벼워졌다. 나는 아이의 말에 '잘됐다'고 대답하며 남편을 바라봤다. 남편의 눈에는 눈물이 가득했다. 남편에게 다가가 안아 주며 등을 토닥였다. 남편은 아이에게 미안하다며 울음을 터뜨렸다. 아이에게 상처를 주었던 자신의 말과 행동을 후회했을까. 못난 자신의 모습도 이해하고 먼저 화해의 손길을 내민 아이에게 고마운 마음이 들었을 것이고, 아이의 큰 사랑에 감동도 받았을 것이다. 나도 아이에게 남편처럼 못난 모습을 보인 적이 몇 번이나 있었다. 그때마다 아이의 순수한 사랑을 느꼈기에 남편의 마음을 이해할 수 있었다. 나는 남편을 안고 손으로 등을 쓸어 주며 위로했다.

아이가 남편과 나에게 다가왔다. 남편이 아이를 번쩍 안아 올렸다. 아이와 나는 남편이 흘리는 눈물을 양쪽에서 닦아 주었다. 남편이 자신의 감정을 솔직하게 표현하는 것을 보니 기뻤다. 한바탕 눈물 소동을 벌인 후, 남편과 아이는 방으로 들어가 둘이 도란도란 한참 대화를 나눴다. 거실까지 들리는 웃음소리에 나도 덩달아 행복해졌다.

그날 남편이 흘린 눈물은 남편의 내면 아이가 흘린 눈물이 아닐까 추측해 본다. 내가 겪었던 것처럼 남편에게도 집이, 가족이 안전한 대상이 되었으면 한다. 안전하다고 느낄 때 우리는 자신의 감정과 욕구를 마음껏 표현할 수 있다. 남편도 자신의 상처를 치유해 가길 바란다.

4장

'자기 사랑'을 위한 실천법

1

생각, 감정 그리고 몸

독서, 글쓰기 수업, 108배, EFT 상담, 그룹 꿈투사 작업, NLP, 비폭력 대화, 명상, 코칭, 가족 세우기 워크숍, 내면 성장 워크숍, 휴먼 디자인, 애니어그램, 심리학 공부, 치유 상담 연구원 등 내면 아이를 만나고 상처를 치유하기 위해 끊임없이 찾아다녔던 것들은 결국 '나'를 알고 이해하는 길로 통해 있었다. 치유 작업을 하는 과정에서 배우고 또 배웠다. 나는 몸의 감각과 감정을 느끼는 것이 어려웠기에 머리로 이해하는 공부가 먼저 필요했다. 심리학 공부를 하고 다양한 분야의 책을 읽으며 지식을 쌓았다. 천 권이 넘는 책을 읽고 코칭과 심리학을 공부했다. 그렇게 머릿속에 정보가 차곡차곡 쌓이면서 나를 이해할 수 있는 폭이 커졌다.

　머리를 채우는 과정은 치유의 시작이지, 끝이 아니다. 오히려 머리로는 알고 있는 것을 현실에서 전혀 해내지 못할 때, 거기서 오는 괴로움과 자책이 컸다. 이해를 넘어 가슴으로 내면 아이의 상처에 공감하기 위해서는 감정을 들여다보고 무의식 영역에 있는 기억을 마주해야 했다. 글쓰기를 통해 나의 감정을 깊게 응시하는 법을 배웠고, 비폭력 대화를 통해 타인의 이야기를 경청하고 공감하는 연습을 했다. 감정과 연결되어 있던 나의 잘못된 신념들을 찾아내고, 그 믿음의 뿌리를 바꾸기 위해 명상과 NLP 코칭 등을 배우고 생활 속에서 실천했다. 꿈 일기를 쓰며 나의 무의식이 나에게 전하고 싶은 메시지가 무엇인지 집중해 보기도 했고, 인간을 분류하는 여러 도구를 통해 나를 이해하려 애썼다. 그렇게 왜곡된 신념 체계를 찾아내 바로잡아 주었고 의식과 무의식의 조각들을 통합시켜 나갔다.

　머리를 채우고 마음을 들여다보자 드디어 몸의 감각들

이 살아나기 시작했다. 감정을 느낄 때 신체의 어느 부위에서 어떻게 그 감정이 표현되는지 알아차릴 수 있었다. 화가 날 때는 빠르게 뛰는 심장 박동을 느꼈고, 억울할 때는 울컥하는 마음에 목구멍에 뭔가 막힌 듯한 답답함을 느꼈다. 두려울 때는 손이 떨리고 양쪽 어깨의 근육이 뭉쳤으며, 슬플 때는 눈이 뜨거워졌다. 내 몸 하나하나의 근육을 좀 더 느끼고 싶었고, 나의 의지대로 몸을 움직여 보고 싶어졌다. 나는 필라테스와 바이올린을 배우기 시작했다. 그동안 머리를 채웠다면, 이제는 몸을 느낄 차례였다. 필라테스를 하며 전에는 불가능하던 동작들이 가능해질 때, 내 몸을 내가 원하는 만큼 힘을 주었다 뺄 수 있을 때 느껴지는 만족감은 독서를 통해 지식을 얻는 것과는 다른 감각이었다. 바이올린으로 리듬을 느끼고 표현하는 법을 배웠고, 음악의 아름다움을 통해 감정과 더 깊게 연결되기도 했다.

이제는 고통이 나를 찾아와도 두 팔 벌려 그를 환영한다. 나에게 선물을 가지고 오는 그를 더 이상 미워할 이유가 없기 때문이다. 나의 삶은 그 어느 때보다 풍요로워졌다. 삶은 언제나 고통과 함께 기쁨을 가져다준다는 사실을 믿는다. 생각과 감정, 그리고 몸이 모두 연결되어 있다는 걸 잊지 말자. 세 개의 기둥이 튼튼해야 '나'라는 건물도 단단해진다.

2

내면 아이 사진 찍기

온라인으로 사진 강의를 들으며 카메라 '렌즈'를 통해 세상을 바라보는 법을 배웠다. 사진은 순간을 기록하는 행위를 넘어, 피사체에 대한 내 마음과 생각을 들여다보는 과정이기도 했다. 카메라 렌즈를 통해 바라본 세상은 이전에 내가 알던 세상과는 완전히 달랐다. 사진을 찍기 위해서는 일단 피사체를 정해야 했다. 넓고 넓은 이 세상에서 내가 지금 초점을 맞추고 싶은 것 단 하나를 주인공으로 정하는 것이었다. 그다음 선택한 피사체를 어떻게 표현할지 생각해야 했다. 사진으로 내가 전달하고 싶은 메시지를 명확하게 하는 절차였다.

사진 수업을 듣던 당시는 추운 겨울이라 사진 촬영 숙제를 대부분 집 안에서 했다. 집 안 여기저기에 책이나 장식품 등을 옮겨 놓으며 사진을 찍고 있으면 아이가 와서 장난을 쳤다. 그 모습이 귀엽고 사랑스러워 찍었던 아이의 사진도 다른 사진들과 함께 숙제로 제출했다. 어느 날, 강사님이 내 과제에 대한 피드백으로 이런 말을 해 주셨다.

"은정 님이 찍은 아이 사진에는 꼭 마법 가루가 뿌려진 것 같아요. 어쩜 다른 사진들이랑 이렇게 다를까요? 신기해요."

피드백을 듣고 그동안 찍었던 아이 사진만 모아 다시 봤다. 내가 봐도 풍경이나 소품을 찍은 사진들과는 전혀 다른 느낌이었다. '나는 사랑받고 있어요. 나는 소중한 존재랍니다.' 사진이 주는 메시지는 명확했다. 내가 아이라는 피사체를 언제나 관심을 가지고 사랑으로 바라보았기에 사진에는 나의 사랑과 정성이 담겨 있었다. 나는 아이가 어떤 환경에서 편안함을 느끼는지, 언제 행복한 표정을 짓는지 누구보다 잘 알았고 그 순간을 정확하게 예측해 촬영 버튼을 누를 수 있었다.

문득 내면 아이를 카메라에 담는다면, 그 아이는 어떤 모습일까 궁금했다. 나는 지금까지 어떤 시선으로 어린 시절의 상처와 내면 아이를 바라보고 있었을까? 아무리 생각해 봐도 내면 아이를 찍은 사진에 반짝거리는 마법 가루는 뿌려져 있지 않을 것 같았다. 내 상상 속 내면 아이의 사진을 바라보고 있으니 가슴이 아렸다. 버려진 내면 아이의 외롭고 쓸쓸한 모습이 보였기 때문이다. 내 아이를 사랑하고 소중하게 대하는 것처럼 나 자신에게도 그런 따뜻한 시선을 준 적이 있던가. 나에게 내면 아이의 상처는 빨리 지워버리고 싶은 얼룩이었다. 세정력이 좋은 세제를 이것저것 마련해 나에게 묻은 얼룩을 가능한 빨리 지우려고 했다. 너 때문에 내가 얼마나 힘든지 아냐며 얼른 내 인생에서 사라지라고 소리치고 있었다.

사진 수업을 들으면서 나 자신을 바라보는 시선에 대

해 다시 생각해 볼 수 있었다. 이제는 나의 상처를 따뜻한 손길로 보살피고 부드러운 눈빛으로 바라봐야 할 시간이었다. 나는 나의 내면 아이에게 앞으로는 너를 사랑으로 돌봐주겠다고 약속했다. 천천히 정성으로 내면 아이의 상처를 보듬어 주면, 그 아이도 나의 사랑을 느끼는 날이 올 것이다. 그날 환하게 웃는 내면 아이의 사진을 찍어 주고 싶다.

당신은 지금 어떤 렌즈로 당신을, 또 당신의 상처를 바라보고 있는가? 눈을 감고 마음속에서 내면 아이의 사진을 한 장 찍어 보자. 당신의 렌즈를 통해 바라본 내면 아이의 사진에 반짝거리는 마법 가루가 가득 뿌려져 있는가?

3

빛과 그림자 함께 보기

사진 수업으로 또 한 가지 배운 것은 빛의 활용법이었다. 빛을 어떻게 활용하느냐에 따라 사진의 분위기가 완전히 달라졌다. 부드러운 햇살을 이용하면 파스텔의 따뜻한 느낌이 났고, 야외의 강한 햇살을 이용하면 원색의 쨍한 느낌이 났다. 심지어 피사체의 그림자만으로도 훌륭한 사진이 완성되기도 했다. 멋진 피사체를 찍어야만 좋은 사진이라고 생각했던 나에게 빛과 그림자를 활용해 여러 분위기를 연출할 수 있는 사진의 세계는 신기하기만 했다.

빛과 그림자는 인간이라는 피사체에도 똑같이 작용한다. 인간에게는 빛이 비치는 의식의 영역과 어둠 속에 있어 우리가 알지 못하는 무의식의 영역이 있다. 둘 다 '나'이지만, 빛이 환하게 비쳐 또렷하게 보이는 의식의 영역과 달리 무의식의 영역에 있는 그림자는 좀처럼 알아보기가 어렵다. 그래서 우리는 자신의 그림자를 '투사'라는 방법을 통해 타인에게서 본다. 투사란 마치 거울에 내 모습을 비추어 보는 것과 같다. 내 안에 있는 줄 몰랐던 나의 부분을 타인이라는 거울을 통해 발견하는 것이다.

있는 그대로의 나를 가장 잘 비추는 거울은 바로 나와 가장 가까운 사람들인 가족이다. 볼 때마다 분노가 치솟고 어떻게든 고치고 싶은 가족의 모습이 있다면, 사실 그게 나의 모습일 가능성이 크다. 타인은 그저 거울이라는 것을 잊지 말아야 한다. 내 안에 그 모습이 있기 때문에 상대방의 행동이 눈에 거슬리는 것이다. 상대방을 비난하며 아무리 내 것이 아닌 척해도, 사실 그건 거울 속의 나에게 손가락질을 하는 것과 같다,

나는 거울 속의 나를 향해 손가락질하는 어리석은 행동을 멈추기 위해 나를 화나게 만든 행동이 '상대방의 것'이 아닌 '나의 모습'이라고 의식적으로 생각하려 애썼다. 자극과 반응 사이에 공간을 만들어 생각을 전환해 보는 것이다. 상대방의 행동 때문에 내가 화가 났다고 생각하면 상대를 비난하는 것이 당연해 보이지만, 그것이 내 것이라면 이야기가 달라진다. 나는 남편의 행동에 순간적으로 분노가 치솟을 때 그 모습이 '남편의 것'이 아니라 '내 것'이라고 알아차리려 노력했다. 남편을 향한 손가락이 나를 향하자, 예전과 달리 남편에게 분노를 느끼는 일이 많이 줄었다. 자극에 대해 습관적으로 분노를 표출하는 반응을 멈출 수 있게 된 것이다.

자극과 반응 사이의 공간을 점점 넓히기 위해 호흡 명상을 했다. 하루 2번, 15분씩 흙탕물처럼 뿌연 내면을 맑게 하려 나에게 '멈춤'의 시간을 준 것이다. 마음 챙김을 위한 명상을 6개월 이상 꾸준히 하자 화가 나는 순간에도 상대가 아닌 나의 내면에 시선을 집중하는 횟수가 늘었다. 남편에 대한 분노는 짧은 순간 화르르 타올랐다가 사라졌다.

사진 수업을 통해 빛과 그림자가 어떤 원리로 피사체에 영향을 미치는지를 눈으로 확인하며 감각으로 느꼈기에 내면의 일도 분명하게 알 수 있었다. 책을 읽고 머리로 이해하는 것에서 그치면 내면 치유는 뜬구름 잡는 이야기가 되기 쉽다. 머리로 이해한 것을 가슴으로 느끼고, 가슴에서 느낀 것을 몸의 감각으로 경험하는 것. 그 과정을 통해 얻은 자신의 통찰과 깨달음을 현실에 적용하는 연습과 훈련이 필요하다. 돌아보면 치유 작업과 별로 관계가 없다고 생각했던 활동들도 그때의 나에게 꼭 필요한 메시지를 주었다. 어떤 상황에서 무엇을 하든, 내면 아이와 연결해서 생각하는 일이 필요하다.

사진 수업의 마지막 날에는 그동안 제출한 사진 중 10장을 골라 포트폴리오를 만들고 각자 이야기를 발표하는 시간을 가졌다. 나는 '자유, 내면의 빛, 그리고 평온'이라는 제목으로 내가 가장 사랑하는 아이와 빛, 그림자, 무지개 등의 사진으로 나의 치유 과정을 설명했다. 잘 모르는 사람들에게 나의 상처를 드러내고 설명하는 것 역시 또 하나의 치유였다.

지금 당신을 가장 힘들게 하는 사람이 있을 것이다. 그 사람만 변한다면 당신은 행복해질 수 있을 거라고 말할지도 모르겠다. 그것이 진실인가? 그 문제가 당장 해결되면 정말 매일 행복할까? 답은 물론 '아니오'다. 당신은 또 다른 문제를 만날 것이고, 그렇게 문제가 생길 때마다 그 문제를 핑계 삼아 불행에 계속 머무르려 할 것이다. 지금 당신에게 필요한 것은 거울을 향해 손가락질하고 있는 당신의 그 손가락을 현실의 당신에게 돌리는 것이다. 상대의 문제가 아닌, 당신의 내면을 들여다보는 것이 행복으로 가는 길이다.

빛과 그림자는 언제나 함께 있다. 빛이 있어 그림자가 만들어진다. 그림자가 없어야만 행복할 수 있다고 말하는 건 빛이 없는 완전한 어둠을 달라는 말과 같다. 당신의 그림자는 빛의 또 다른 이름일 뿐이다.

4

마음껏 실수하기

'수치심'이라는 단어를 들으면 가장 먼저 '벌레'가 떠올랐다. 내 피부를 뚫고 수십 마리의 구더기가 몸속에서 밖으로 나오는 꿈을 꾸기도 했다. 나를 벌레만도 못한 인간이라고 생각하며 스스로를 혐오했다. 이런 자기 파괴적인 생각들은 언제나 충동적인 행동으로 마무리되었다. 이런 생활이 반복되면서 인간관계는 단절되었고, 삶은 점점 더 피폐해졌다. 자기혐오는 때로 타인을 '벌레'로 만들기도 했다. 관계에서 내가 우위에 있다고 생각할 때 그들이 나를 특별한 존재로 대접해야 한다고 믿었다. 스스로를 나르시시스트가 아닐까 의심할 만큼 타인의 감정과 고통을 공감하며 헤아리지 못하고 언제나 '나'를 우선시했다. 둘 다 왜곡된 사고라는 공통점을 가지고는 있지만, 어떻게 한 사람이 이렇게까지 극과 극의 모습을 둘 다 가질 수 있는 건지 이해되지 않았다.

수치심은 우리가 인간으로서 한계를 가지고 있다는 것을 알려주는 건강한 감정이다. 우리는 신이 아니기에 언제든 실수할 수 있다. 이런 건강한 수치심을 발달시키면서 아이들은 마음껏 실수하고, 실수를 통해 교훈을 얻는다. 수치심은 있는 그대로의 자신으로 존재해도 된다는 허락이기도 하다. 실수하는 나도 받아들여질 수 있다는 믿음이 있기에 억지 가면을 쓰고 다 잘하는 '척'할 필요가 없는 것이다.

문제가 되는 것은 해로운 수치심이다. 해로운 수치심은 실수를 단순히 잘못된 행동으로 보는 것을 넘어, 자신의 '존재'에 문제가 있다고 평가하도록 만든다. 해로운 수치심을 느낄 때 우리는 거짓 자아를 만들어내고, 절대 실수하지 않는 완벽주의자가 되려고 애쓴다. 해로운 수치심에 오랫동안 빠져 있는 경우 수치심은 내면화된다. 자신에게 근본적인 결함이 있으며, 자신의 존재 자체가 무가치하다고 믿는다. 스스로를 벌레라고 여기며 혐오했던 생각도, 나는 특별한 대우를 받아야 하는 존재라고 믿으며 다른 사람들을 벌레 보듯 경멸한 것도 모두 해로운 수치심에서 비롯된 생각이었다. 두 모습은 동전의 양면처럼 해로운 수치심을 느끼는 사람에게 나타나는 이중적인 모습이다. 수치심을 자신의 안으로 가져가느냐, 자신에게는 전혀 없다고 생각한 채로 다른 사람에게 투사하느냐의 차이였다.

수치심으로 똘똘 뭉친 나는 나에게 엄격한 잣대를 들이대며 실수를 용납하지 못했다. 더 큰 문제는 아직 실수하며 배워야 하는 아이에게도 똑같은 잣대를 들이댄다는 것이었다. 아이가 실수로 물을 쏟아 아끼던 책을 적셨을 때 아이에게 폭언을 퍼부었다. 보다 못한 남편이 아이를 방으로 데려가며 말했다.

"은성아, 신경 쓰지 마. 엄마가 지금 저렇게 너한테 화내는 거 잘못하는 거야. 네가 책보다 훨씬 소중해."

내 잘못이라고 말하며 아이의 편을 드는 남편이 미웠다. 자식을 보호하고 '네가 소중하다'고 말해 주는 아빠를 가진 아이에게 질투도 났다. 내면 아이가 느끼는 감정이었다. 한편으로는 전혀 나아지지 않고 똑같은 상황을 반복하는 내가 수치스럽고 창피했다. 아이와 남편에게 상처만 주는 나를 더 이상 이해하고 싶지 않았다. 혐오스러웠다. 이건 엄마이자 어른인 나의 생각이었다. 나는 같은 상황에서 내면 아이와 어른의 감정을 동시에 느꼈다. 양극단으로 분열된 채 충돌하는 나를 나조차도 받아들이기 힘들었다. 해로운 수치심을 건강하게 변화시키기 위해, 가짜 내가 아닌 있는 그대로의 나로 살기 위해, 수시로 소리 내어 말했다.

"나는 실수할 수 있고 앞으로도 계속 실수할 것이다. 그리고 그 실수를 통해 나는 점점 나아지고 있다."

사랑하는 아이에게 미친 사람처럼 화를 내거나, 아빠가 나에게 했던 행동들을 내 아이에게 똑같이 되풀이하고 난 후에도, 세상이 끝날 듯 화를 내며 남편에게 씻을 수 없는 상처 주는 말을 했을 때도, 나 자신이 너무 싫고 전부 그만

두고 싶을 때도 이 문장을 계속해서 되뇌었다. 실수해도 괜찮다고, 누구나 실수를 한다고. 그리고 실수라는 경험을 통해 분명히 뭔가를 배웠고 그걸로 충분하다고. 다음에는 이번보다 조금 더 잘 할 수 있을 거고, 또다시 실수하겠지만 그래도 괜찮다고 말이다.

내가 생명줄처럼 잡고 버텼던 그 말을 이제 당신에게 해 주고 싶다.

걱정 마세요, 누구나 실수할 수 있어요.
당신은 반드시 괜찮아질 거예요.

5

나만의 리추얼 만들기

줄리아 카메론의 《아티스트 웨이》에는 12주 동안 해야 하는 과제가 두 가지 있다. 매일 아침, 세 페이지의 글을 쓰는 '모닝 페이지'와 일주일에 한 번 혼자만의 시간을 계획하고 실행하는 '아티스트 데이트'가 바로 그것이다.

모닝 페이지는 가족들이 자는 새벽에 일어나 조용히 글을 쓰면 되었기에 바로 시작할 수 있었다. 그러나 '아티스트 데이트'를 실제로 실천하기까지는 훨씬 많은 시간이 걸렸다. 일주일에 한 번, 온전히 나를 위해 시간을 비우고 창조적인 무언가를 하는 것에는 의외로 큰 결단이 필요했다. 처음에는 30분의 시간을 혼자 보내는 것부터 시작했다. 고작 30분을 혼자 보내는 데도 악착같이 스스로를 설득해야 했다. 그만큼 '엄마'라는 역할을 놓고 온전한 '나'로 돌아가는 일은 어려웠다. 알 수 없는 죄책감에 자꾸 나만의 시간을 뒤로 미루고 있었다.

처음에는 아이와 남편을 두고 집 밖을 나서는 일이 힘들어 집 안에서 할 수 있는 일부터 시도했다. 주말 오후, 남편이 아이와 놀아 주는 동안 거실에 있는 책상에서 이어폰으로 음악을 들으며 색연필로 그림을 그렸다. 아이의 그림책 중에서 마음에 드는 장면을 골라 그리고 색칠했다. 조금 더 시간이 지난 후에는 용기를 내어 집 밖으로 나왔다. 30분 정도 동네를 산책하거나, 차를 타고 근처 꽃집에 가서 나를 위한 꽃다발을 사기도 했다. 그렇게 조금씩 시간을 늘리며, 아이와 남편에게 나만의 시간을 존중해 달라고 부탁했다. 아티스트 데이트를 통해 내가 나를 존중할 때, 타인에게도 존중받을 수 있음을 깨달았다.

가족이 함께 대형 쇼핑몰로 외출한 날이었다. 아이는 키즈 카페에 가고 싶다고 했고, 마침 같은 건물에 영화관이 있어 용기를 내 남편에게 혼자 영화를 보고 와도 될지 물어보았다. 남편이 아무렇지 않은 얼굴로 그러라고 대답했을 때의 기쁨을 잊을 수가 없다. 가족과 함께 있었음에도 '엄마'에서 '나'로 역할 전환이 훨씬 자연스러워졌다. 가족들도 그걸 편안하게 받아들이는 것이 기뻤다.

아티스트 데이트가 다채로워질수록 내 삶에 즐거울 일도 많아졌다. 나를 위해 정기 꽃 배송을 신청하기도 하고, 미술관도 갔다. 예전에 자주 가던 삼청동에 가서 팥죽을 사 먹고, 어린 시절 살던 동네를 방문하기도 했다. 새로운 장소에 가 보거나 해 보지 않은 일을 하는 것은 그동안 사용하지 않았던 새로운 감각을 기르는 일이었다. 오랫동안 가지 않았던 곳을 다시 가거나 예전엔 자주 했지만 한동안 잊고 있었던 일을 다시 하는 것은 잠자고 있던 감각을 깨우는 일이었다. 어느 쪽이든 내 안에 잠자고 있거나 죽어 있던 부분이 살아나는 느낌이었다.

아티스트 데이트가 우리 삶에 꼭 필요한 또 다른 이유는 '가상의 삶'에 대한 심리적인 아쉬움을 달래 주기 때문이다. 《아티스트 웨이》에서 말하는 '가상의 삶'이란 예전에 꿈꾸었지만 이루지 못했고, 지금은 꿈에서 너무 멀어져 이룰 가능성이 없다고 생각하는 나의 또 다른 인생을 말한다. 자신이 꿈꿨던 삶을 아티스트 데이트를 통해 간접 경험하는 것은 '나는 절대 꿈을 이룰 수 없을 것'이라는 잘못된 신념에서 벗어날 수 있는 좋은 방법이다. 어린 시절의 꿈이든, 지금 가지고 있는 꿈이든 우리는 꿈과 현실을 분리하며 산다. 그림의 떡처럼 꿈을 바라보기만 하면서 자신은 꿈을 이룰 수 없다고 포기해 버리는 것이다.

작가가 꿈인 사람이라면 글쓰기 수업에 등록하는 것을 아티스트 데이트로 시도해 볼 수 있다. 수업을 들으면서 자신의 재능을 발견할 수도 있고, 혹은 자신이 글쓰기에 전혀 재능이 없음을 깨달을 수도 있다. 또 글쓰기에 재능은 있지만 의외로 글쓰기를 통해 얻는 만족감이 자신의 기대만큼 크지 않을 수도 있다. 어떤 결과가 펼쳐지든 작가를 '꿈꾸던' 삶에서 글쓰기를 '경험'해 본 삶으로 한 걸음 나아갔기에 꿈을 이룰 수 없다는 믿음에서 빠져나올 수 있다. 가상의 삶을 아티스트 데이트를 통해 하나씩 해나가다 보면 그 경험에서 새로운 길을 발견할 수 있다.

내가 꿈꿨던 가상의 인생은 댄서, 심리상담사, 아나운서, 기수, 작가였다. 이 중 심리상담사와 비슷한 직업으로 '라이프 코치'라는 직업을 찾았고, 그래서 지금은 내면의 치유와 통합을 돕는 코치로 살고 있다. 아나운서 대신 유튜버가 되어 '황도의 마음숲'이라는 채널을 운영하고 있고, 이 책을 통해 작가의 삶도 살아볼 수 있게 되었다. 기수의 꿈에 도전하려 승마장 견학도 해 보았고, 필라테스를 꾸준히 하며 체력을 기르고 있다. 마지막으로 50대가 되면 남편과 함께 왈츠를 배워 댄서의 삶도 살아 보고 싶다.

'리추얼'이란 본래 종교적인 예식을 의미했지만, 요즘에는 그 의미가 확장되어 '세상의 방해로부터 나를 지키는 혼자만의 의식'이라는 뜻으로 쓰이고 있다. 나에게는 새벽에 일어나 초를 켜고 모닝 페이지를 적는 것이 삶을 지탱하는 리추얼이었고, 아티스트 데이트를 통해 나를 가장 귀하게 여기는 습관을 만드는 것이 세상의 방해로부터 나를 지키는 리추얼이었다.

당신의 삶 속에 당신을 지켜 주는 성스러운 의식은 무엇인가? 혹시 꾸역꾸역 하루를 버티고 있는가? 그럴수록 '나'를 소중하게 생각하는 시간이 더 간절하다. 하루 30분, 다른 무엇보다 '나'를 1순위로 두는 시간을 가져 보자. 일기를 쓰든, 목욕을 하든, 차를 마시든 뭘 해도 좋다. 다만 그 시간만큼은 이 세상의 주인공이 바로 나라고 믿어 보자. 그런 작은 시도들이 당신의 삶을 지탱해 주는 리추얼이 될 것이다. 언젠가 당신과 마주 앉아 서로의 삶을 지켜준 리추얼을 나누면 좋겠다.

6

침묵으로 듣기

한국 비폭력대화센터에서 약 9개월에 걸쳐 비폭력 대화 수업을 들었다. 비폭력 대화는 가슴과 가슴의 연결을 중요하게 생각한다. 가시 돋친 말 뒤에 숨겨진 느낌과 욕구에 공감하는 방법을 배울 수 있다. 육상 동물 중 심장이 가장 크며, 자신의 침으로 아카시아의 가시를 녹여서 그 잎사귀를 먹는 기린이 왜 비폭력 대화의 상징 동물인지 잘 설명해 준다.

비폭력 대화 수업은 상대방의 이야기를 '침묵'으로 듣는 연습이 대부분이었다. 수업을 들을수록 지금까지 타인의 이야기를 잘 들으려 노력한 적이 없다는 반성의 마음이 커졌다. 겉으로는 듣는 것처럼 보여도 속으로는 대답할 말을 고르느라, 말이 끝나면 내 말을 빨리 하려고 상대방의 이야기에 집중하지 않을 때가 훨씬 많았다. 대화를 할 때, 언제나 내가 중심이었기에 제대로 된 소통이 어려웠다. 이런 상태로 남편과 깊은 대화를 나누려고 했다는 게 우습게 느껴질 정도였다. 이야기의 소재나 소통의 깊이 문제가 아니었다. 비폭력 대화 수업을 통해 내가 대화를 나눌 준비가 전혀 되어 있지 않다는 걸 확실히 알게 되었다.

대화를 잘하기 위해 필요한 것은 설득을 위한 기술이나 대화법 같은 게 아니다. 의외로 대화를 위해 가장 필요한 것은 '침묵'이었다. 그 자리에 내가 온전히 존재하며 상대의 이야기를 들어야 했다. 상대방의 떨리는 목소리, 꽉 움켜쥔 손 같은 비언어적인 부분까지 최선을 다해서 듣는 것이 진정한 경청이었다. 경청이란 단순히 듣는다는 것을 넘어 상대가 느끼는 감정과 그에게 중요한 욕구가 무엇인지 파악해 보는 것이다. 그리고 내가 추측한 것이 맞는지 상대에게 물어보고 확인하는 절차도 필요했다. 깊은 소통을 위한 첫 번째 조건은 경청할 준비가 되어 있느냐였다.

그 후, 나는 남편과 있을 때 의도적으로 말을 많이 하지 않으려고 애썼다. 예전에는 남편이 운전을 하다 앞 차를 향해 욕을 하거나, 타인을 향해 가시 돋친 말들을 뱉을 때 나는 참지 못하고 그 자리에서 남편의 잘못된 점을 지적했다. 특히 성 차별적인 발언이나 누군가에게 상처가 되는 말들은 혼잣말처럼 작게 웅얼거리더라도 남편이 '잘못'했고 남편에게 '문제'가 있다는 걸 반드시 짚고 넘어갔다. 아이가 있으니 교육적으로 좋지 않다는 명분으로 한 행동이지만, 사실은 남편을 비난하고 싶은 마음과 내가 옳다는 자기만족을 위해서였다.

그런데 '침묵으로 듣기'가 익숙해지자, 남편이 하는 말들이 조금 다르게 들리기 시작했다. 남편의 감정과 욕구를 추측하려고 하자 남편의 말이나 행동에 내가 아무런 반응을 하지 않아도 내 마음이 괜찮았다. 남편 안에 있는 감정 냄비에 이미 억눌러 둔 부정적 감정들이 가득 차 있는 게 보이기 시작했다. 남편은 압력밥솥의 김을 빼듯 밖으로 말 한마디를 뱉어 긴장감을 낮추고 싶었을 뿐이다. 침묵으로 듣기가 익숙해지니, 침묵으로 반응하기도 가능해졌다.

예전에는 남편과 싸우고 싶지 않아 속으로 남편에게 경멸의 말을 뱉으면서도 겉으로는 남편의 말에 대꾸하지 않고 꾹 참을 때가 많았다. 그런데 경청이 익숙해지자 남편의 말이 한쪽 귀로 들어와 반대쪽 귀로 나갔다. 남편의 말을 마음에 담아 두고 되새김질하며 다시 상처받거나 화를 내는 어리석은 일을 하지 않게 되었다. 그러자 남편과의 사이가 부드러워졌고, 곁에 있던 아이도 한결 편안해 보였다. 동시에 어쩌면 우리에게 집이 '안전한 공간'이 될 수 있겠다는 희망이 생겼다.

오늘부터 '침묵으로 듣기'를 실천해 보라. 하루에 단 한 번이라도 상대방의 눈을 바라보고, 말하는 사람의 목소리와 표정, 몸짓이 무엇을 말하고 있는지 알 수 있을 때까지 찬찬히 바라보자. 내가 입을 닫으면 상대방은 마음의 문을 활짝 연다.

7
감정이라는 파도타기

　감정은 움직이는 에너지다. 오르락내리락하는 굴곡이 감정의 자연스러운 흐름인데, 굴곡 없는 평온한 상태가 정상이라고 생각하며 오르내리는 감정을 잡아 두려 했다. 그렇게 억압된 감정은 언제나 더 큰 파도로 다시 돌아왔고, 거센 파도에 맞아 쓰러지기 일쑤였다. 감정의 파도 속에서 한참을 허우적거리다 파도가 잔잔해져 땅에 겨우 발을 디디면, 어리석게도 다음엔 감정을 더 꽉 잡아 다시는 파도에 지지 않으리라 다짐했다. 하지만 나처럼 작은 인간이 무슨 수로 바다를 마음대로 조종할 수 있겠는가?

감정은 우리가 억압할 수 있는 게 아니다. 강하게 누를 수록 튀어 오르는 반동의 힘만 커질 뿐이다. 3만큼의 감정이 찾아왔다면, 3만큼 흔들려야 한다. '이 정도는 억제할 수 있다'는 생각으로 꾹 누르면 3이었던 감정은 결국 10이 되어 당신의 모든 것을 뒤흔든다. 감정은 평온한 바다처럼 잔잔할 때도 있고, 폭풍우 치는 바다처럼 모든 것을 앗아갈 듯 거칠 때도 있다. 양쪽 모두 감정의 자연스러운 모습이라는 것을 인정해야 한다.

나는 애니메이션 영화 〈겨울왕국 2〉에서 엘사가 물의 정령을 만나는 장면을 보면서 감정을 억압하지 않고 있는 그대로 느끼는 것이 얼마나 중요한 일인지 배웠다. 엘사는 자신이 가진 마법의 힘이 아토할란에서 시작된다는 것을 알고, 그곳에 가기 위해 홀로 넓은 바다 앞에 선다. 머리를 질끈 묶고 거친 파도를 뚫고 가겠다고 다짐하며 그녀는 거친 바다로 용감하게 뛰어든다. 그렇게 성난 파도와의 싸움에서 이기려고 애쓰던 엘사는 물속에서 말 한 마리를 보게 된다. 마구 날뛰는 물의 정령과 싸우던 엘사는 말의 앞발에 밟혀 정신을 잃고 바닷속으로 가라앉는다. 우리가 요동치는 감정을 만났을 때 하는 행동이 이와 비슷하다. 날뛰는 감정과 싸워 이기려고 애를 쓰며 감정을 억압한다. 물의 정령이 엘사의 팔을 물고 깊은 바다로 끌고 가는 것처럼, 감정과의 싸움에서 진 우리 역시 정신을 잃고 감정이 원하는 방향으로 힘없이 끌려간다. 감정적으로 하는 모든 행동은 사실 우리가 의식적으로 하는 것이 아니라 감정에 끌려다닌 결과다.

자신이 가진 마법의 힘 때문에 부모님이 돌아가셨다고 믿는 엘사는 두려움이라는 감정에 휩쓸려 얼어붙곤 했다. 그녀는 두려움을 느끼지 않기 위해 자신을 방어했고, 세상과 연결을 모두 차단한 채 혼자만의 성에서 지냈다. 그런 엘사가 두려움을 직면하기로 결심하고 자신이 가진 마법의 힘을 믿자 두려움은 순한 말이 되었다. 감정이라는 말에 올라탄 엘사는 자신이 그토록 가고자 원했던 자신의 근원인 아토할란까지 안전하고 빠르게 갈 수 있게 된다. 더 이상 성난 파도는 보이지 않는다. 엘사가 〈show yourself〉를 부르며 물의 정령을 타고 가로지르는 바다는 평온하기 그지없다.

우리는 감정을 억압할 수 없다. 따라서 어떤 감정이 다가와도 괜찮다고 수용하는 자세가 필요하다. 무엇이든 받아들일 수 있다는 태도는 내면이 단단할 때 가능하다. 엘사가 마법을 사용해 말의 고삐를 만들어 낸 것처럼 내면의 힘을 믿을 때, 우리에게도 마법의 힘이 생긴다. 엘사가 물의 정령에게 고삐를 걸고 부드럽게 쓰다듬자, 곧 물의 정령은 우아하게 엘사를 태우고 넓은 바다 위를 미끄러지듯 달린다. 감정의 파도는 당신을 데리고 당신이 반드시 만나야 하는 감정의 뿌리, '근원(아토할란)'으로 당신을 데려다줄 것이다.

내면 치유의 과정도 비슷하다. 가장 두려워하는 감정을 마주하고 수용해야 자신이 가진 내면의 힘을 믿을 수 있다. 지금 당신이 폭풍우 치는 바다 한가운데 있는 기분을 느낀다는 건, 그 감정을 받아들이고 당신 안의 힘을 믿어 보라는 신호다. 당신 안에 있는 힘을 믿는 순간, 바다는 기적처럼 평온해질 것이다.

아토할란에 도착한 엘사는 자신을 태워 준 물의 정령에게 정중히 인사한다. 우리를 내면 깊은 곳까지 데려다준 감정에게 존중을 표하는 것은 매우 중요하다. 감정에는 좋고 나쁨도, 옳고 그름도 없다. 감정은 우리에게 전하고 싶은 메시지가 있어 우리를 찾아올 뿐이다. 그러니 어떤 감정이 와도 그 감정을 존중하자. 우리는 감정이라는 멋진 말을 타고 우리가 원하는 곳에 갈 수 있다.

엘사는 사랑하는 사람을 다시 잃을지 모른다는 두려움에 자신이 가진 마법의 힘을 부정적으로 바라보았다. 엘사처럼 어쩌면 당신에게도 마주하고 싶지 않은 부정적 감정이 있을 것이다. 그 감정을 억누르기 위해 당신이 얼마나 많은 에너지를 쓰고 있는지 살펴보라. 감정은 우리를 괴롭히고 힘들게 하려고 찾아오는 게 아니다. 그 감정을 받아들일 때, 당신 안에 있던 마법의 힘도 깨어날 것이다.

8

부부, 두 그루의 아름드리나무

부부 상담을 받을 때, 나무를 그리는 심리 검사를 한 적
이 있다. 백지에 나무를 한 그루 그리는 것이었는데, 그 나
무에 옹이가 많을수록 과거의 상처가 많은 것이고, 동물이
나 새들을 나무에 함께 그린다면 외로움을 많이 느끼고 있
다는 뜻이라고 했다.

남편의 그린 나무와 내가 그린 나무는 크게 다르지 않
았다. 두 나무 모두 옹이가 꽤 있었고 나무 아래쪽에 구멍과
나뭇가지에서 여러 동물과 새들이 살고 있었다. 서로 비슷
하게 그린 나무를 보면서 남편과 웃었던 기억이 난다. 그때

까지만 해도 남편과 내가 정의하는 사랑, 결혼, 그리고 가족은 크게 다르지 않았다. 부부가 가정을 위해 희생해야 결혼 생활이 원만하게 유지된다고 생각했다. 가족을 위해서는 나의 일부를 포기해야 하므로 나라는 사람이 온전히 존재하기는 힘들며, 가족 중 누군가가 성장하려면 다른 가족의 희생이 필요하다고 믿었다. 이는 사랑이 아니라 의존과 구속이라는 것을 시간이 한참 지난 후 깨달았다. 사랑은 자기 자신을 온전히 책임지는 행위였다. 나를 온전히 책임지고, 상대의 성장을 인내심으로 지켜보는 것이 사랑이었다.

남편은 자신이 커다란 나무가 되어 가족이 그 나무에서 충분히 쉬고 배부르게 열매를 먹으며 행복하게 살아가길 원했을 것이다. 나 역시 아내는 남편이라는 나무에 사는 작은 동물의 모습이어야 한다고 생각했다. 시간이 지나면서 나의 상처가 치유되고 내면 아이가 성장하면서 '나도 커다란 나무가 되고 싶다'는 내 안의 목소리가 들리기 시작했다. 내게 태풍과 천둥 번개를 버텨낼 용기가 있을까 두렵기도 했다. 동시에 한 그루의 튼튼한 나무가 되어 마음껏 성장하고 싶다는 설렘도 느꼈다. 과거의 상처를 치유할수록 두려움 대신 설렘이 더 커졌다.

　나는 상처받은 내면 아이를 치유하면서 남편에게 의존하려는 마음을 버리고, 내가 나를 온전히 책임지려 애썼다. 나를 책임진다는 것은 구체적으로 내가 한 선택의 결과를 받아들이는 것이었다. 결과에 대해 불평하거나, 상황이나 남 탓을 하면서 피해자인 척하지 않는 것이었다. 더 나아가 모든 상황에서 '해야 한다'는 의무가 아니라 '선택한다'는 자발적인 마음을 가지는 것도 포함되었다. '해야 한다'는 의무감에는 내가 원하지 않는 것을 강요당했다는 피해자의 시선이 녹아있었다. 억지로 한 선택의 결과가 좋지 않을 때 억울한 마음과 함께 그 선택을 하게 만든 상황이나 사람을 탓했다. 어쩔 수 없는 선택을 해야 하는 경우라도, 그것이 온전한 '나'의 선택이었음을 받아들이는 것이 적극적으로 자기 삶에 책임지는 태도였다.

　결혼 생활에서도 이런 마음가짐이 가장 중요하다고 생각한다. 결혼했다고 해서, 부모가 되었다고 해서 '나'라는 사람을 희생하고 버려야 하는 것은 결코 아니다. 다른 가족 구성원에게 더 많은 희생을 강요하거나, 자신의 기대대로 행동하기를 바라는 것도 사랑이 아니다. 진짜 사랑은 결코 희생과 강요를 동반하지 않는다. 함께 기뻐하고 즐기지만, 각자의 시간을 보내는 것도 중요하다. 서로 사랑의 마음을 주어도 그 마음이 마치 내 것인 것처럼 상대를 구속하고 자유를 빼앗아서는 안 된다. 그리고 서로가 충분히 자랄 수 있도록 거리를 두고 응원하는 것, 그것이 사랑이다.

이제 내가 상상하는 행복한 부부의 모습은 멀리 떨어져 있는 아름드리나무 두 그루다. 두 그루의 큰 나무가 충분히 자라기 위해서는 넓은 공간이 필요하다. 서로의 풍성한 잎사귀가 상대를 가리지 않아야 충분한 햇살을 받을 수 있기 때문이다. 아주 커다란 두 그루의 나무에는 누구든 와서 쉴 수 있다. 서로를 바라보고 있는 그 두 그루의 나무는 비가 오면 함께 목을 축이고, 바람이 불면 함께 춤을 춘다.

내가 한 모든 선택에 사랑을 보낸다

얼마 전, 아빠의 생일이었다. 아빠와 엄마, 남편과 아이까지 다섯 명이 모여 간단하게 식사를 하고 케이크를 가운데 두고 모여 노래를 불렀다. 어린아이 같은 표정으로 행복하게 웃으며 아빠는 초를 향해 힘차게 바람을 불었다. 아빠가 한 번에 초를 다 끄지 못하자 옆에 있던 아이가 돕겠다며 같이 바람을 힘껏 불었다. 케이크를 먹으며 아빠가 휴대폰 화면을 나에게 보여 준다.

"이거 봐라, 우리 동기 중에 자식들 다 시집, 장가보내고 손주까지 본 사람은 나밖에 없다."

아빠가 보여 준 화면에는 아이가 삐뚤빼뚤한 글씨로 쓴 생일 카드를 찍은 사진과 손주에게 생일 축하를 받았다고 자랑하는 아빠의 글이 있었다. 그 밑으로 손주에게 축하받는 아빠가 부럽다며, 생일을 축하한다는 답장들이 빼곡했다. 문득 아빠의 이런 자랑을, 아빠의 웃음을 편안하게 바라보는 내 모습이 낯설었다. 언제부터 아빠의 말과 행동, 표정이 이렇게 자연스럽게 들리고, 보이고, 느껴졌을까?

소파에 앉은 아빠의 다리에 팔을 척 올려 본다. 아빠의 몸을 느껴본 게 언제였더라. 중학생 때 엉덩이에 우연히 스친 아빠의 손길에 온몸에 벌레가 기어가는 듯한 불쾌함을 느낀 게 마지막 기억이었다. 그 후로 아빠와의 신체 접촉은 맞을 때뿐이었다.

아빠는 나의 뿌리다. 그걸 이렇게도 긴 세월이 지나서야 인정할 수 있게 되었다. 나는 아빠로부터 생명을 받았고, 사랑을 받았다. 그게 내가 지금까지 살아 있을 수 있는 이유다. 내가 원하는 사랑을 받지 못했을지라도 분명 아빠로부터 충분한 사랑을 받았다.

과거의 모든 순간 내가 했던 선택들이 파노라마처럼 흘러갔다. 선택 중 일부는 지금 돌아봐도 참 잘했다고 생각하지만, 대부분은 '그렇게 하지 말았어야 했는데…'라고 후회하는 일들이었다. 그런데 부모님, 남편과 아이, 그리고 내가 모두 편안한 표정으로 앉아 케이크를 먹으며 도란도란 이야기를 나누는 모습을 바라보니 그게 아닐 수도 있겠다는 생각이 들었다.

내가 '틀렸다'고 생각한 많은 선택 덕분에 지금 이 순간이 있었다. 이혼하겠다고 결심했을 때, 내 삶에 가장 최악의 선택은 남편을 만나 결혼을 한 것이었다. 하지만 내가 남편을 만나지 않았다면 지금 이 순간의 행복을 느낄 수 있었을까? 마트료시카 인형처럼 내 안에는 수없이 많은 과거의 내가 들어 있었다. '그 작은 나'들이 모여서 지금의 내가 되었다. 지금의 나를 온전히 사랑할 수 있으려면, 과거 모든 순간의 나도 사랑해야만 했다.

내가 했던 과거의 모든 선택이 그때의 나에게는 최선이었음을 인정했다. 언제나 최고의 선택을 할 수는 없다. 하지만 내가 했던 모든 선택에 사랑의 마음을 보내면, 그것은 언제나 '최선'의 선택이 된다.

나의 뿌리인 부모님이 오래오래 건강하게 살았으면 좋겠다. 언젠가는 내가 당신들을 참 많이 사랑한다고 내 입으로 말할 수 있는 날이 온다면 더 좋겠다. 아이의 뿌리인 남편과 나도 행복하게 하루하루를 살아가길 바란다. 그래야 나의 아이도 행복해질 것이다. 여전히 가끔 다투고 서로 미워하는 날들도 있지만, 그럼에도 불구하고 결국 우리는 행복해질 것이라는 걸 믿는다.

당신이 빨리 죽었으면 좋겠어

관계에 지친 당신을 위한 심리 코칭

초판 1쇄 발행 2023년 6월 28일

지은이·황은정
펴낸이·박영미
펴낸곳·포르체

책임편집·임혜원
편집·김성아, 김선아, 김다예
마 케 팅·김채원, 김현중

출판신고·2020년 7월 20일 제2020–000103호
전화·02–6083–0128 | 팩스02–6008–0126 | 이메일porchetogo@gmail.com
포스트·https://m.post.naver.com/porche_book
인스타그램·www.instagram.com/porche_book

여러분의 소중한 원고를 보내주세요.
porchetogo@gmail.com